水曜日の君
あなたと奏でる未来《あした》の旋律

八木美帆子

宝島社
文庫

宝島社

Contents

水曜日の君

あなたと奏でる未来《あした》の旋律

プロローグ

「今日も来るかねえ」

山崎《やまざき》さんがそう言いながら、いつものようにニコニコと話しかけてくる。僕は窓口のカウンターで、施設の貸し出しに関する書類を整理していた。

「誰がですか」

書類から目を離さずに答えると、山崎さんが笑顔のまま、僕の顔を覗《のぞ》き込む。

「誰って、『水曜日の君』に決まってるじゃない」

「……何度も言ってますけど」

僕は書類の束をトントン、と揃《そろ》えた。別の束へ手を伸ばしつつ、いつもの苦言を呈する。

「利用者さんに変なあだ名をつけるのはやめてください」

「変とは失礼な。『○○の君』っていうのは親愛の気持ちを込めて使う愛称なんだよ」

「仕事で関わる相手のことをそうやって呼ぶのはどうかと思う、という話です」

「相変わらずつれないねえ、スーちゃん」

僕はため息をひとつ吐いて、山崎さんを見上げる。呆《あき》れ顔の僕と目が合うと、山崎さんは嬉《うれ》しくてたまらないといった様子でいっそうニコニコとした。目も、唇も、それらの傍《そば》に刻まれた笑い皺《じわ》たちも、糸のように細くなっている。

こうして雑談に耽《ふけ》る余裕があるのはありがたいことだが、山崎さんは背が高い。このまま見上げ続けていたら、僕の首はいずれ痛みで曲がらなくなってしまうだろう。

「山崎さん、仕事してください」

「はいはい、っと」

そう言うと山崎さんは帽子のツバを持ち、大袈裟に身なりを整える仕草した。僕にクルリと背を向け、センターの入口付近にある守衛室へと帰っていく。年相応に軽く丸まった背中を見送った後、僕は書類の整理作業へと戻った。

山崎さんは、この地域交流センターに勤める警備員である。本人の話によると、名のある一流企業を定年退職した後、暇を持て余したので高齢者向けの人材バンクに登録したところ、派遣先として提案されたのがこのセンターだったのだそうだ。その話が嘘か本当かどうかは確かめようがないが、もうこのセンターで警備の仕事をして八年ほどになるらしい。公務員として配属となった職員の多くは二、三年のスパンで異動してしまうことを考えると、山崎さんのような人は、もはやこのセンターの『主《ぬし》』と言っても差し支えないのかもしれない。

仕事中だから……とさっさと追い返してしまったけれど、僕は山崎さんのことが結構好きだ。おしゃべりな人ではあるけれど、本当に立て込んでいるときは絶対に話しかけてこない。必ず今のように、仕事が落ち着いているタイミングを見計らって声をかけてくる。話す内容はいつも他愛のないもので、その雑談に僕は癒《いや》されていた。

そんな僕の気持ちを知ってか知らずか、先程のように素っ気なく接したとしても、山崎さんは僕に話しかけるのをやめようとはしなかった。あまり積極的に人と絡めない僕のような人間にとっては、本当にありがたい話である。

何より、山崎さんはいつも機嫌がいい。そういう同僚が一人でも職場にいてくれると、やはり空気が和《なご》むものだ。

ふと、カウンターの上にある置き時計に視線を向ける。時刻は午後六時四十五分を指していた。ガラス越しに見える外の風景は、すっかり闇に包まれている。年末に差し掛かっていることもあってか、何だか、ものすごく静かだ。

――そろそろかな。

僕がそう思ったタイミングで、センター入口の自動ドアが開いた。Aラインの白いコートを揺らしながら、女性がロビーへと入ってくる。彼女は僕の座るカウンターに向かって、真っ直ぐに歩いてきた。

「七時から音楽練習室を予約している鎧塚《よろいづか》です。附帯《ふたい》設備として、ピアノもお借りしたいのですが」

そう言うと彼女は、手袋をはめた右手で利用者カードを差し出した。

もう、何度もこういったやりとりを繰り返しているのに、鎧塚さんとは目が合ったことがない。単にシャイな人なのか、あるいは、僕が嫌われているだけなのか。

「確認しますので、お掛けになってお待ちください」

利用者カードを受け取りながら、僕はそう促《うなが》す。鎧塚さんは黙って、カウンターの前の椅子に腰掛けた。寒がりなのだろうか、手袋をはめたままホッカイロをさすっている。頬と鼻の頭が少し赤くなっているようにも見えたから、建物の外はかなり冷え込んでいるのかもしれない。

しばらく、無言の時間が続いた。キーボードを打つ音と、マウスのクリック音だけがその場に響く。僕は黙々と手続きを進め、パソコンから打ち出した音楽練習室の利用許可証を鎧塚さんに提示した。

「午後七時から、音楽練習室のご利用ですね。ピアノの使用料金と合わせて、二千円です」

「ちょうど、だと思います」

差し出された二枚の千円札を、僕は丁寧に数えた。

「ちょうど、いただきます。少し早いですが、もうご利用いただいて構いませんよ。

「今は空室ですから」

そう言って僕は、受付印を捺《お》した利用許可証と、音楽練習室の鍵を鎧塚さんに渡した。

「ありがとうございます」

やはり僕の目を見ないまま、桜色のマフラーに顔を埋《うず》めるように首だけで軽く会釈《えしゃく》をして、鎧塚さんはカウンターから去っていった。

彼女が、山崎さんが名付けた『水曜日の君』。

そして、これは彼女と僕の、物語。

第一章

濡羽色《ぬればいろ》の髪の乙女

Episode 1

♪


僕の職場の話をしよう。

某政令指定都市の、某区の片隅にある、地域交流センター。伏せ字ばかりで申し訳ないけれど、ここが僕の職場だ。その名の通り、地域住民がサークル活動などで利用するような、ごくありふれた公共施設である。

センターには色々な設備があり、手続きをすれば市民や在勤者が自由に使えるようになっている。講演会やコンサートができる小さなホール、会議室、創作活動室、調理室、和室——そして、大きなグランドピアノが置いてある、音楽練習室。

この音楽練習室を、毎週水曜日の午後七時から予約している女性。

彼女が、鎧塚ケイ。警備の山崎さんが名付けた『水曜日の君』とは、彼女のことだ。

この地域交流センターは、地元ではアクセスが悪いことで有名だった。そんな形で話題になるのは何とも不名誉だなと思いつつも、最寄りの駅から十分ほど歩く上に、その駅自体も路線の中ではマイナーな駅で、急行すら止まらないという事実を踏まえると、まあ、致し方なしといったところだろうか。土地が違えば事情は全く異なるのだろうが、首都圏においてはこのレベルであっても『アクセスが悪くて使いづらい』と判を捺《お》されてしまう。

くどくどと語ったけれど、そういうわけでここの利用者は、お世辞にも多いとは言えなかった。平日、特に一番最後の利用時間である午後七時からの枠に予約が入ることは、ほとんどない。そこに突然現れたのが、『水曜日の君』だった。

センターの施設を使いたいとき、利用者はまず部屋の種類と、時間帯を選ぶ。利用時間は二時間ごとに区切られていて、最後の枠は午後七時にスタートし、午後九時で終了する。

正直なことを言うと、僕には、施設側が平日のこの時間を開放している理由がわからなかった。午後九時までのこの枠は休日や休前日ならまだしも、平日は本当に利用者がいないのだ。特に、音楽練習室に関しては。

だから、彼女のことは自然と覚えてしまった。パソコンで予約状況を確認すると、これまでほとんど埋まっていなかった午後七時からの音楽練習室の枠に、水曜日だけ『〇』が付いているのである。しかも、毎週。

更に言えば、彼女はとても目を惹《ひ》く外見をしていた。ちゃんと食べているのか心配になるくらいに、華奢《きゃしゃ》な体。背は僕とさほど変わらないから、百六十センチを少し超えているくらいだろうか。きちんと手入れされた真っ直ぐな黒髪は、胸元まであるロングヘア。シュッと細い顎に、少し吊り上がった大きな目。そのせいか、彼女はちょっと猫に似ている。

色々回りくどいことを言ったけど、彼女ははっきり言って、とても綺麗な人だ。漫画かいかにも、ピアノが弾けそうな人――それが彼女に抱いた第一印象だった。漫画から飛び出してきたような人が現実にいるんだなと、妙に感心したものである。そんな彼女が毎週、人が滅多に入らない時間に同じ部屋を予約し続けているのだから、覚えないという方が無理な話だったかもしれない。

それ以前の問題として、彼女と僕との出逢《であ》いは、なかなかに印象的なものだった気もするのだけれど。

♪

初めて施設を使う人には、等しく案内しなければならないことがある。いわゆる『利用上の注意』というやつだ。入口近くのカウンターで手続きに関わる説明をした後、貸し出す部屋まで職員が同行し、実際に利用する時の注意事項を伝える。

秋と表現するか冬と表現するか、迷ってしまうような時季のことだった。この日、初めて地域交流センターにやってきた鎧塚さんに対しても、僕はこれまでと同じように対応した。

「使用が終わりましたら、椅子などの備品は元に戻して、使用前と同じ配置になるようにしてください」

「はい」

「利用時間終了の五分前になったら、片付けが終わっていることを確認した上で、受付まで内線で連絡してください。その後、職員が部屋のチェックに入りますので、それが終わりましたらお帰りいただいて結構です」

「わかりました」

ドン！　と大きな音がしたので、思わず音のした方向を見る。鎧塚さんが大きなトートバッグを備え付けの机に下ろしたところだった。びっくりして目を見張る僕をよそに、彼女は色とりどりの冊子を取り出している。装丁《そうてい》の雰囲気から、それらが楽譜であることが、素人《しろうと》の僕にもわかった。全部合わせて、月刊の漫画雑誌ほどの厚さだったと思う。紙は、見た目に反して意外と重い。仕事柄、たくさんの書類と向き合ってきた僕は、鎧塚さんの持ってきた楽譜の多さに、呆気《あっけ》に取られてしまった。

――あれ、この二時間で全部弾くつもりなのかな。

「何かご不明な点があれば内線でお知らせください。では」

そう言って僕は、半ば一方的に話を畳んだ。

音楽練習室は、音が外に漏《も》れるのを防ぐため、入口のドアが重たくて分厚い扉になっている。扉の縁《ふち》には音を遮断するためのゴムパッキンがついており、開け閉めにはそこそこの力が必要だ。しかも、そのような扉が二重に取り付けられているという徹底ぶりである。

僕は一つ目の扉を閉め、二つ目の扉に手を掛けた……そのとき。

「え」

思わず声が出て、後ろを振り返る。微《かす》かだが、ピアノの音が聴こえたからだ。

――上手《うま》い。

衝撃で身体が動かなくなり、僕は二つ目の扉に手をかけたまま、その場に立ち尽くしてしまった。

一つ目の扉が閉まっているから、本来の音量の半分くらいしか、この場所には届いていないのだろう。しかし、厚い厚い扉で隔《へだ》てられているというのに、彼女が『特別』であることが、素人の僕にもわかってしまう。

ドミファソラソファミ、レファソラシラソファ、ミソラシドシラソ……

音の動きが、速い。それなのに、音同士が濁《にご》ることはなく、とてもクリアだ。はっきりとした音の粒が、水が流れるように連なって聴こえてくる。記憶には存在しない感覚だった。積極的に聴こうとしなくても、脳が独りでに微かなピアノの音を追いかけてしまう。

――『段違い』ってきっと、ああいうのを指して使う言葉なんだ。

突然、音が止んだ。どうやら一曲目が終わったらしい。しばらく衝撃で呆《ほう》けていた僕は、自分が仕事中であることをようやく思い出した。慌てて二つ目の扉を閉め、部屋を後にする。
二、三歩と歩みを進めたところで、あれ？　と思い、僕は立ち止まった。
何であんなに上手な人が、こんな辺鄙《へんぴ》なところにある地域交流センターに、わざわざピアノを弾きに来たのだろう。

思わず振り返って、音楽練習室の扉を見つめた。僕の問いに対する答えはこの視界のどこにも存在しないのに、僕はそれを探すようにしばらく視線を彷徨《さまよ》わせた。


♪


『どれだけ待たせるんだ』

『きちんと予約したのに、取れてないってどういうことなの？』

『備品が壊れてただなんて……そんなの、最初から壊れていたのをこっちのせいにしているんだろう！』

謝罪、謝罪、苦言、そしてまた、謝罪。

とにかく、僕の仕事は何かと頭を下げる機会が多い。『窓口仕事』というものは多かれ少なかれ、そういう面があるのだと思う。

特に、利用者と直接関わる職員はクレームを受けやすい。自分に非があるならともかく、どうにもならないことまで責められるのは理不尽だとは思いつつも、もはや日常茶飯事だった。世の中の大半の人は多分、公務員が嫌いなのだろう。

どうやら僕は、感情があまり表に出ていないらしい。『こいつならどんな利用者にぶつけても大丈夫』だと、同僚に思われている節がある。僕が男だということもあってか、他の女性職員に代わって矢面に立たされることも少なくなかった。

表に出てないだけで、感情が『ない』わけではないんだけどな。

……というか、こういうのって、対応する職員をバトンタッチさせる場合、本来は管理職が出てくるもんなんじゃないの。

この日は特にクレーム対応、その他諸々の接客が立て込んだ一日だった。山崎さんに、いつものニコニコ顔で『お疲れさん』と労《ねぎら》いの言葉をかけられた後、ほとほと疲れた状態で再び窓口に立った。

ふと、頭に痛みが走った気がして、僕は思わずこめかみを押さえた。ゆっくり目を瞬《また》いたそのとき、僕はあることに気がついた。そうだ、今日は水曜日だ。

窓口のパソコンで、施設の貸出予定を確認する。午後七時からの枠を利用するのは、音楽練習室を借りる鎧塚さんだけだった。


♪


……気が進まない。

時刻は、午後九時五分。僕は、音楽練習室の前で立ち尽くしていた。

ピアノの練習に向かう鎧塚さんを見送ってから、およそ二時間が経過している。いつもなら、きちんとタイムリミットの五分前に電話を入れてくれる彼女が、この日に限って連絡してこなかった。

鎧塚さんがここを利用するようになってから、年を跨いで三ヶ月ほどが経っただろうか。終了の連絡が五分前より早かったことは、これまでに一度もなかった。彼女は利用時間をギリギリまで使って、ピアノを弾いているのだろう。きっと今も、自分の演奏に集中しているに違いない。

その大切な時間に水を差すのは、正直、気が進まなかった。真剣な中、部外者が割って入るのは申し訳ない。それに、今日の僕は疲れていた。ここでもし追い討ちのように鎧塚さんから何か言われようものなら、さすがに心が折れてしまうような気がして、不安だった。

いやいや、と脳内に漂う懸念を振り払う。

これは、仕事だ。しごとだ。シゴトダ……

そう何度も自分に言い聞かせ、スーツのジャケットを整えながら息を吐き出す。いろんな意味で重たい防音仕様の二枚の扉を、僕はぐい、ぐいっと押し開けた。部屋の中いっぱいに響いていたピアノの音が、僕のいる場所まで溢《あふ》れ出してくる。いよいよ気まずくなった僕は、鎧塚さんの顔はスルーして、ピアノの蓋に視点を定めた。

「鎧塚さん」

僕は、ドアの陰から気持ち大きめに声をかけた。鎧塚さんが演奏を止めたのと、ピアノから顔を上げたのは、ほとんど同時だった。

「集中していらっしゃるところ、すみません。お時間を過ぎているので、そろそろ」

「ごめんなさい！」

僕の声を遮るように、鎧塚さんの謝罪が飛んでくる。びっくりして思わず彼女の顔を見ると、見開かれた猫のような目が、僕を真っ直ぐに見つめていた。何度となくカウンター越しに顔を合わせていたのに、はっきりと目が合うのはこれが初めてだった。大切なおもちゃを取り上げられようとしている子どものように、ひどく不安そうな顔をしている。ガタッと音を立てて、彼女は椅子から立ち上がった。

「すぐ片付けます！」

「あ、いえ、そんなに急がなくても！」

声と声が、正面からぶつかる。鎧塚さんに釣られる形で狼狽《うろた》えてしまったけれど、僕は、努《つと》めて冷静に言葉を繋ごうとした。

「そんなに慌てなくても、大丈夫ですから。この後、部屋の点検をするのでここで待たせていただきますけど、ゆっくり片付けていただいて大丈夫ですよ」

「……ありがとう、ございます」

魂が抜けてしまったかのような表情をした鎧塚さんから、言葉が零《こぼ》れ落ちる。

そもそも、強い物言いをする気はなかった。でも、ひどく怯えた様子の彼女に対して、できれば、何か安心できるような言葉を掛けてあげたい……そんな衝動に駆られた僕は、次に続く一言を懸命に探した。

「嬉しいと思います」

「……え」

鎧塚さんが、掠《かす》れた声を出した。その顔はまだ少し青い。僕は、半ば必死で言葉を発し続ける。

「ここのピアノ、何か、すごくいいピアノらしいんですよ。あまり詳しくないので、細かいことはわからないんですけど」

何の話だろう……といった表情で、鎧塚さんは僕を見つめていた。無理もない。僕だって、この話がどこに着地するのか、さっぱりわからないのだから。僕はたまらず、手で頭をかいた。

「ホールのピアノはともかく、ここは練習室ですから。そんなにたくさん弾いてもらえるわけではないんです。このピアノ」

事実だった。附帯設備であるピアノを使う場合は、部屋の利用料とは別にピアノの使用料がかかる。コーラスの練習や管楽器の練習といった目的で部屋を借りる場合、ピアノをわざわざ一緒に借りる利用者はほとんどいない。つまり、このピアノが誰かに弾いてもらえる機会は、そう多くはないのだ。

「ちゃんと、調律？　はしているのに、弾いてくれる人がいないので。ちょっと気の毒だったんですよね」

いよいよ僕は、鎧塚さんの方を見られなくなってしまった。たまらず、視線を床に落とす。一体この空気をどうするつもりなんだ、僕は。

「だから、嬉しいんじゃないかって……いや、ピアノは生き物じゃないですし、気持ちとかが存在するものなのか自体わからないんですけど、何となくそんな風に」

「優しいんですね」

「え？」

フル回転していた僕の頭に、予想外の言葉が割って入る。思わず鎧塚さんの顔を見ると、先ほどよりも少し落ち着いた表情をしていた。

優しい、とは、どういう意味だろう。

「……他の施設でも同じように、熱中しすぎて時間をオーバーしてしまったことがあるんです。お小言を言われるくらいならいい方で、怒鳴られたこともあって」

「そうなんですか」

驚きから素直に言葉が出る。

「遅い時間だから、利用時間を守らないと職員さんたちの帰りも遅くなっちゃうんですよね。わかってるのに……本当に、すみません」

そう言って鎧塚さんは、その場で身体を折って深く頭を下げた。艶《つや》やかな黒髪が、彼女の仕草を追いかけるようにサラサラと落ちていく。丁寧すぎるほどの態度に、むしろこちらが焦ってしまう。

「これくらいのこと、珍しくないですよ」

実際、そうだった。部屋を借りる人たちが、活動に夢中で時間をはみ出すことなんて日常茶飯事である。それに、こちらから呼びに行かない限り出ていかないような、ふてぶてしい利用者だって珍しくはないのだ。

「集中してらっしゃるのだから、無理ないと思います。それに、多少遅くなったとしても、僕の帰りの時間には影響ないですから、気にしないでください」

「そうなんですか?」

「……まあ、全く影響ないかと言ったら嘘になるかもしれませんけど」

上手いことを言うのが下手くそな僕は、それでも、できるだけ鎧塚さんを刺激しないような言葉を探した。

「この部屋を片付けたら帰れるように、他の仕事を終わらせておけばいいだけの話です。声をかけてから退室していただくのに十分もかからないですし、そんなのは誤差ですよ。それに……」

ふと、今日自分に起きたことが頭を掠めた。

――謝罪、謝罪、苦言、そしてまた、謝罪。

「……鎧塚さんの方が、優しいです。この仕事の半分は怒られるのが職務みたいなところがありますから。鎧塚さんみたいに言ってくれる利用者さんがいると、ホッとします」

そこまで話してようやく、自分がやり過ぎたことに気がつく。

やばい、言い過ぎだ。彼女に仕事の愚痴を言ってどうする。

恐る恐る鎧塚さんの方を見ると、彼女は穏やかに微笑んでいた。

「……やっぱり、優しいですね」

予想外の言葉に、僕はまた続く言葉を見失った。

「本当に、ありがとうございます。すぐに片付けますね」

そう言いながら、彼女は手早く片付けを始めた。口を半開きにしてぽかんとする僕をよそに、手際よく楽譜や荷物をまとめていく。

しかし、ピアノの片付けをするときだけは、些《いささ》か様子が違った。可能な限り丁寧に接していることが、素人の僕にもわかるのだ。まるで、愛おしい我が子のケアをしているような、穏やかな表情と手つき。

僕は、そんな鎧塚さんの様子を、色々な気持ちが綯《な》い交《ま》ぜになった状態で見守っていた。


♪


初めて、鎧塚さんの方から話しかけられたときのことを、よく覚えている。それは、彼女が利用時間をオーバーしてしまったあの日の、次の週の水曜日のことだった。

「先日は、すみませんでした」

そう言って、鎧塚さんはカウンター越しに頭を下げた。いつも定型的な会話しか交わさないのに、突然それ以外の言葉で話しかけられたので、僕はわかりやすく動揺してしまう。そんな僕の心の内を知ってか知らずか、彼女は尚も言葉を続けた。

「ひょっとして、毎週水曜日のこの時間、いつも窓口を担当されてらっしゃるんですか?」

「はい」

何度もこんな風に手続きのやり取りをしているのに、彼女は僕のことをまるで認識していなかったらしい。鎧塚さんの言う通り、毎週水曜日の夕方から閉館までは、僕が窓口の担当をしている。

ここにいる間、彼女は演奏のことしか考えていない。微笑ましいな、と僕は思った。

「……どうして、水曜日なんですか?」

これくらいならいいだろうか、と探るような気持ちで、今度はこちらから鎧塚さんに尋ねてみる。彼女は、柔らかな笑顔で答えてくれた。

「水曜日は『ノー残業デー』なんです。週の真ん中だからかな。もちろん、残業せざるを得ない日もあるんですけど、余程のことがなければそこそこの時間で上がれるので、ここの最終枠に間に合うんですよね」

それに、と彼女は続ける。

「ここの練習室、いつ見ても空いているから」

そう言って、鎧塚さんはぺろっと舌を出した。

音楽練習室へ向かった彼女を見届けた直後、待ちかねたという様子で山崎さんがカウンターに近付いてきた。

「いやあ、『水曜日の君』も、ちゃんと笑うんだねえ」

「え」

――『水曜日の君』って、何のことだ。

「彼女、毎週水曜日のこの時間にいつも来てる子でしょう？　可愛いから覚えちゃった」

僕の心を見透かしたかのように、山崎さんがニコニコ顔で言う。僕は口を僅かに開けて呆けてしまった。何言ってるんだ、この人。

「でも、いつも仏頂面っていうか。『私とは関わらないでください！』っていうオーラがすごかったから。それがいつの間にか、スーちゃんとにこやかに談笑してるんだもの。おじさん、ビックリだよ」

さすがだなぁ、スーちゃん……山崎さんがそう続けるので、僕はどうしたらいいかわからなくなってしまった。とりあえず、気になったことを指摘する。

「『水曜日の君』って……利用者さんに妙なあだ名つけないでくださいよ。彼女には『鎧塚さん』っていう立派な名前があるんですから」

「鎧塚！　へー、そりゃあ確かに立派だねぇ」

「そういう意味じゃないです。それに……人間なんだから。そりゃあ、笑ったりもするでしょう」

「そういう意味じゃないよ」

その言葉に僕はいよいよ、どう反応したらいいかわからなくなった。僕は、そのまま顔を伏せ、特に今見る必要のない書類をめくり始めた。その様子を見て満足したらしく、山崎さんは持ち場に帰っていった……。


……プルルルル……

電話の着信音で、僕は我に返った。気を取り直し、受話器を取る。

「はい、受付です」

「音楽練習室です。終わりましたので、確認をお願いします」

「わかりました」

今日すべき仕事をほとんど終えていた僕は、念のためカウンターの番をしつつ、資料の整理をしていた。その途中でふと、鎧塚さんに初めて話しかけられた日のことを思い出していたら、いつの間にか時間が経過していたらしい。あれから一ヶ月ほど経つというのに、あの時のことを鮮明に思い出せる自分が不思議だった。

鎧塚さんからの電話があったのは、午後八時五十五分。今日は、時間きっかりだ。

「ご自宅には、ピアノはないんですか？」

使用後の音楽練習室のチェックをする、数分の間。最近はそんな貴重な時間に、鎧塚さんと雑談をすることが増えた。気を許してくれた……と、解釈していいのだろうか。僕の質問に対し、彼女は楽譜を片付けながら快く応じてくれる。

「ありますよ。電子ピアノですけど」

「電子だと、やっぱり物足りないものなんですか」

「うーん……ちゃんとしたピアノを弾いちゃうと、差は感じちゃいますね」

それと、と鎧塚さんは続けた。

「貧乏なんです。ちゃんとしたピアノを買うお金もなければ、堂々と置いておける場所もない……だから、ここの利用料が安くて、本当に助かってます」

「相場とか、よくわからないですけど……公共施設って、やっぱり安いものなんでしょうか」

僕がポツリと言うと、鎧塚さんは楽しそうに笑った。

「破格ですよ！　スタジオとか借りようとすると、倍じゃきかなかったりします」

「倍以上……」

僕は一時、言葉を失った。

「……きついですね」

「そうなんです。きついんですよ」

僕の言葉に、鎧塚さんは満足そうに頷いた。趣味にかけるお金は人それぞれだけれど、安く済ませられるならばそれに越したことはない。長く続けていきたいものであれば、尚更だろう。

「それにね、公共施設って、部屋の音響もいいところが多いんです。あまりいい言い方じゃないと思いますけど、コスパがいいというか。正直、この音楽練習室は、もっと人気があってもいいくらい」

「そうなんですか」

僕は思わず目を見開き、音楽練習室の中をキョロキョロと見回した。そうしてみたところで、今視界に入っているものの何がどう音響に影響しているのかはさっぱりわからなかったけれど、こんな辺鄙なところ……と半ば自虐のように語ってきたことが、少し恥ずかしくなる。物事の価値は、わかる人にはきちんとわかるのだ。

「でも、世間に見つかって人気が出ちゃったら、ここでピアノを弾けなくなってしまうかもしれないから。複雑なところですね」

それじゃ、と付け加えて、鎧塚さんは颯爽と去っていった。

♪

人気《ひとけ》のない夜の公共施設は、正直、少し不気味だ。でも、ここに配属されて仕事に追われているうちに、いつの間にかこの仄暗《ほのぐら》さにも慣れてしまった。

センター内の見回りを済ませた僕は、各種設備の鍵を収納したセキュリティボックスを施錠した。この最後の鍵を警備の山崎さんに託したら、僕の業務は終了する。シヨート丈の黒いダウンジャケットをスーツの上から羽織り、僕は守衛室へと向かった。

「お疲れさまです」

「はい、お疲れさん」

事務所の奥には裏口があり、廊下を通って施設の外に出ることができる。いわゆる通用口だ。出口の手前には守衛室に通じる窓が開口していて、ここで山崎さんと鍵のやり取りをするのが僕の水曜日のルーティンである。館内警備は数人が持ち回りで行っているのだが、何故だか僕は山崎さんと関わることが多い。

遅い時間だと言うのに、山崎さんは今日もニコニコしていた。夜勤があるのは業務上仕方がないこととはいえ、この人の辞書に『疲れる』とか、『不機嫌』とか、そういう単語は存在しないのだろうか。

「今日はご機嫌だねぇ、スーちゃん」

山崎さんが不意にそんなことを言うものだから、僕はびっくりして、思わず息を止めた。ややあって、軽く息を吐き出してから、山崎さんに尋ねる。

「そう、見えますか」

「いや、正直言うとよくわかんないんだけどさ」

どっちだよ……そんな気持ちで、僕は山崎さんの顔を見つめる。

「いつもスーちゃん、平然としてるでしょ。何があっても落ち着いてるし」

「……そう、見えますか」

僕は、目線をやや下に落とす。やはり、この人も僕を『そういう風』に見ているのか……そう思うと、少しだけ悲しくなった。

「でもね」

山崎さんの目が僅かに開いた。いつもの糸目ではない。瞼《まぶた》の下に覗いた黒々とした瞳が、僕を通り越して少し遠くを見つめているようだった。

「何も感じてない人間なんていないんだよ」

その言葉に、僕は思わず山崎さんの顔を見た。

「傍《はた》から見て、感情の変化が読み取りにくい人間って、結構損をしていると思うんですよ。人の心の機微が分かってないと言われたり、逆に何をしても動じないだろうって、妙な期待をかけられたり」

ぶす、ぶすと、山崎さんの言葉が僕の心に突き刺さる。

僕はついさっき、この人のことをどんな風に評価した？

――この人の辞書に『疲れる』とか、『不機嫌』とか、そういう単語は存在しないのだろうか――

山崎さんが、僕の感情が揺らいだことを察したのかどうかは、わからなかった。チラリとこちらを見たかと思うと、またいつもの糸目がトレードマークの笑顔に戻る。

「苦労してるだろう人間がご機嫌な様子だったら、周りにいる人間としてはそりゃあ、嬉しいもんだよね」

その言葉を聞いて、僕はハッとした。思わず目を合わせた山崎さんは、やはり穏やかに微笑んでいる。

「だからね。スーちゃんの機嫌を観察するのは、ボクの趣味みたいなものなの」

お疲れさん、さあ、もう遅いんだし帰った帰った……そう山崎さんに促されるままに、僕はセンターを後にした。

♪


『――車両故障の影響で、現在、電車の運転を見合わせております。ご利用の皆さまには大変ご迷惑をおかけいたします。運行再開まで今しばらくお待ちくださいませ』

僕は、駅舎のエスカレーターの下で立ち尽くしていた。今聞こえてきた放送が事実ならば、ここでしばらく足止めを食うのだろう。夜遅いシフトの日に限ってこれだ。こんなことなら、守衛室で山崎さんと雑談でもしていればよかった……そう思ったところで、先ほど彼からかけられた言葉が、ちくりとまた胸を刺してくる。

『傍から見て、感情の変化が読み取りにくい人間って、結構損をしていると思うんですよ』

僕と山崎さんは、全くタイプの違う人間だと思われているだろう。でも、その実、似たようなことで苦労しているのかもしれない。

「あ……」

思わぬ人物の声がした。白いAラインコートに、桜色のマフラー。いつも、センターで見かける装いそのままの鎧塚さんが、エスカレーターを降りてきたところだった。

「そっか……最寄り駅、ここしかないですもんね」

鎧塚さんは、一人で勝手に納得したようだった。

「もう、二十分くらい動きがないんです。しばらく改札の前で待ってたんですけど、ちょっとこれは時間がかかりそうだなと思って、出てきました」

「そうなんですか」

時刻は午後九時半をとっくに回っていた。この駅で降りるべき乗客たちは、既に立ち去った後なのだろう。見渡す限り、僕と鎧塚さん以外に人らしい人が見当たらなかった。住宅街の中にある小さな駅だからか、タクシーが常駐するような場所もない。僕は、頭をかきながら鎧塚さんに状況を説明する。

「ここの周りって、本当に何もないんですよ」

「住宅街ですもんね。それに、こんな時間だし」

鎧塚さんが一応……といった雰囲気で、駅の周りを見回して苦笑した。喫茶店はいくつかあるのだが、こんな遅い時間に開いているような店はひとつもない。

どうすればいいのだろう。タクシーを呼べばいいのだろうか。いや、この路線全体が止まっているのだとしたら、別の路線が使える駅まで出るには結構な時間がかかる。それに、他の駅だって同じ状況のはずだから、呼んだところですぐに来るのかもわからない。

地域交流センターに戻ればいいのだろうか。あそこには山崎さんがいるし、座ってお茶を飲むくらいのことはできるだろう。いや、でも往復で二十分かかるようなところにわざわざ誘うのも、何だか……

「私たち、おかしいですね。無言で、棒立ちで」

「……あ」

どうすべきか考え込んでいるうちに、結構な時間が経過していたらしい。何か話しかけるべきだったかと狼狽える僕を尻目に、鎧塚さんがおかしくてたまらないと言った様子でくつくつと笑っている。

「えっと、コーヒーでも飲みますか？」

「え」

コーヒーと言っても、開いている喫茶店はどこにもない。戸惑う僕の前で、鎧塚さんはすっと人差し指を差し出す。その示すものを目で追いかけると、そこには煌々《こうこう》と光る自動販売機があった。

「ブラックでいいんですよね」

鎧塚さんはそう言いながら、ベンチに座る僕に缶コーヒーを差し出した。受け取った缶がとても熱くて、思わず取り落としてしまいそうになる。

「ありがとうございます」

彼女は、こんなに熱々の缶をなんで平気で持っていたんだろう……そう考えるうちにあることに気がついた僕は、ダウンのポケットから手袋を取り出した。何てことはない、手袋越しに缶を持っていただけなのだ。じんわりと温かさが伝わってきて、なるほど、これならちょうどいい。

そういえば、鎧塚さんはいつも手袋をしている気がする。もちろん、ピアノを弾いている時は外しているのだけれど。相当な寒がりなんだろうか。大変だな。

「すごいですね。私、ブラックは飲めない」

「そうなんですか」

「ミルクか、砂糖か。何かしら入ってないと厳しいかな」

そう言うと鎧塚さんは、僕の隣の隣の椅子に腰掛けた。

ここは、駅のホームにある待合室である。座れる場所がどこかにないだろうかと考えたときに、この場所が思い浮かんだ。季節は冬だ。今日は比較的暖かいとはいえ、風を遮ることができる場所であることに越したことはない。

この間、時間をオーバーしたのに見逃していただいたお礼です……そう言って鎧塚さんは、僕に缶コーヒーを奢《おご》ってくれた。買ってもらった今もなお、これでいいのかな……と思ってどぎまぎしている僕を尻目に、鎧塚さんはどこ吹く風といった様子でペットボトルのロイヤルミルクティーに口をつけている。

「……さっきの」

「ん？」

沈黙に耐えきれなくなった僕は、ポツリ、と話し始めた。

「えっと……『ちゃんとしたピアノを弾いちゃうとダメ』って話」

「はい」

「わかる気がします。少し、ですけど」

鎧塚さんは目を瞬いて、話の先を促した。僕は少し俯《うつむ》きながら、辿々《たどたど》しく言葉を繋ぐ。

「僕、唯一の趣味が車なんです。車が好きというか……ドライブ？　が好きで」

「そうなんですね」

あまりこういう話を人にしたことはないし、聞かれる機会もないものだから、心臓が妙な高鳴り方をしている。

「『いい車』って、一度乗ってしまうと大変なんですよ。何て言うのかな……『自分自身が走っている』と錯覚してしまう時があるんです」

こんな話をして、引かれないだろうか。一抹の不安とは裏腹に、僕の言葉は止まらない。

「どういう車がその人にとっていいのかって、人それぞれだと思うんですけど。僕にとっては、『右』って思ったときに右にきちんと曲がる感じというか……操作性？

って言うんでしょうか。それが大事みたいで」

鎧塚さんは、真剣な眼差しで僕の話を聞いてくれていた。

「反応がよくて、まるで自分の身体の延長のように動かせる車に乗ると、本当に気持ちがいいんです。ただ……そういう車って、やっぱりすごく高くて」

そこまで言って、僕は手袋をはめた右手で頭をかいた。

「一応、車は持っているんですけど。自分が運転していて、心の底から楽しいと思える車に、いつかは乗ってみたいという気持ちが消えなくて。だから、ひたすら貯金の日々なんです」

「……お互い、お金のかかる趣味ですね」

そう言って、鎧塚さんはため息を吐いた。わかります、と彼女は続ける。

「電子ピアノも、楽しいんですよ。最近のものはクオリティも高いですし。でも、グランドピアノを弾くと、やっぱりこれなんだよなあ……って思っちゃう」

鎧塚さんはそう言うと、膝の上でピアノを弾いているかのような仕草をした。

「集合住宅に住んでると、どうしたって気を遣うんです。本当は、少しくらいなら音を出しても迷惑にはならないと思うんですけど。結局、心配だからずっとヘッドホンを繋いで弾いているし」

流れるように動いていた鎧塚さんの指が、ピタッと止まる。

「久しぶりにグランドピアノに触れたとき、もう、言葉なんて追いつかないくらいに嬉しかったんです。大きい音も小さい音も、激しい音も繊細な音も……表現できることがすごく増えました。自分を抑える必要がない。本当に、気持ちよかった」

そこまで言うと、鎧塚さんは苦笑した。

「そうやって熱中しすぎるから、決められた時間をオーバーしちゃったりするんですよね」

「まだ、気にされていたんですか」

僕は戸惑った。もうあれは大分前の話だし、あれ以来、鎧塚さんが予約時間をオーバーしたことは一度もないのに。

「……追い出されたくないから」

鎧塚さんは、中空をぼんやりと見つめながら、そう呟いた。言葉の響きが想像よりも深刻に聴こえて、僕は口が開けなくなってしまう。しばらくして、少し重たくなった空気を打開するかのように、鎧塚さんが明るい声を出した。

「ここ、本当に居心地がいいんですよ。知らない街って、すごくいい」

鎧塚さんが晴れやかな笑顔で、僕に語りかける。

「私はここで、『ただのピアノが好きな人』でいられる。ここにいる間は、自由に呼吸ができるんです」

上手く伝わるかな……そう言いながら、鎧塚さんは目を瞬いた。

「『ここでの私』しか知らない人だと思うと、こうして話をするのも、すごくラクなんです。それが、たまらなく心地いい。普段の私を知っている人たちにはできない話だって、ひょっとしたらできているのかもしれない」

その言葉を聞いて、僕の頭の中で色々なことが緩やかに繋がっていく。

利用者のプライバシーに関わることは、できるだけタッチしないのが個人情報を取り扱う職場の鉄則だ。それは即《すなわ》ち、『できるだけ興味を持たないようにする』こととイコールで、公務員である僕の中に習慣としてごく当たり前に根付いた考え方だった。

それでも、毎週利用許可証を発行していれば、気づいてしまうことがある。

彼女は、この街の住人ではない。ギリギリ市内ではあるものの、それがかえってアクセスの悪さに拍車をかけるような場所に住んでいた。職場がどこなのかは知らないけれど、少なくともここから家に帰るまでには、かなりの時間がかかるはずだった。

鎧塚さんは、遠路はるばるここまで通っている。ピアノを弾く、それだけのために。

安いとか、いいピアノだとか、音響がいいとか。そういう理由だって大事なんだろうけど、ひょっとすると彼女にとって、それらは二の次なのかもしれない。彼女がわざわざこの場所を選んでいる理由に思いを馳せると、胸がちくりと痛んだ。

彼女はきっと、ここで『何者でもない自分』でいたいのだ。理由は、わからないけれど。

海外旅行を好む人の心理に近いかもしれない。街の人々が自分を記号として扱ってくれることの、心地よさ。それを求めて、彼女はここへわざわざ足を運んでいる。

それはきっと、お金で買える類《たぐい》のものではない。僕の想像よりもきっとずっと、彼女にとってかけがえのないものなんじゃないか……そんな気がした。

「音楽の世界って、すごく狭いんですよ。どこどこの誰々があの音大に進んだらしいとか、あっちの子は留学したらしいとか」

「そうなんですか」

「うん。本当、嫌になるくらい」

鎧塚さんがそう言って、ロイヤルミルクティーをくいっと飲み干した。やはり、彼女のピアノを聞いて只者《ただもの》ではないと感じたあの感覚は、間違っていなかったのだろうか。

「それが好意的なニュアンスで語られることの方が多いけれど、私は、ちょっと気味が悪いなって思っちゃうんです」

薄情なんでしょうね、と鎧塚さんは続けた。

「それにね、鎧塚って名前、目立つんですよ。すぐ覚えられちゃうから」

「まあ、珍しい苗字ですよね」

「もし万が一、この先、結婚できるようなことがあるなら……『鈴木さん』とか、『田中さん』とか、そういう名前の人がいいなって思います。下の名前はそんなに目立たないから、苗字さえ変われば上手く埋没できるかなって」

そう言いながら、彼女は僕の顔を見た。その視線に対してどんな言葉を返したらいいのかわからなくて、とりあえず曖昧な表情で応じる。

「何と言うか……徹底してますね」

「徹底してますよ」

そこで、会話は途切れた。僕が次の話題を探している間に、部外者の声が割り込んでくる。

『大変お待たせいたしました。まもなく、運行を再開いたします。当駅にも、あと三分ほどで、下り電車が到着する見込みです。ご利用のお客様には、大変ご迷惑をおかけしたことを、深くお詫び申し上げます』

アナウンスを聞いて、鎧塚さんが立ち上がる。

「ありがとうございました……何か、楽しかったです。お話しできて」

僕も、慌てて立ち上がって鎧塚さんへ頭を下げた。

「こちらこそ、ありがとうございました」

鎧塚さんと僕の乗る電車は逆方向だ。僕の乗る電車はこのホームに、彼女の乗る電車は階段を上って反対側に渡った方のホームに到着する。階段に向かって歩き出した鎧塚さんは、二、三歩ほど歩いたところで足を止め、こちらを振り返った。

「また、水曜日に」

そう言って、鎧塚さんは髪を揺らしながらふわりと笑った。そしてまた、階段へ向かって歩いていく。

鎧塚さんの後ろ姿を見送りながら、僕は、行き場のない気持ちを抱えていた。少しだけ、彼女と親しくなれたような気がして舞い上がる気持ち。そして、認めたくはないのだけど、ここがきっと潮時ってやつなんだろうな……という気持ち。

だって彼女は、僕が『地域交流センターの職員さん』という『記号』だからこそ、あんな風に色々と話をしてくれたんじゃないのか。僕がそれ以上の何かになった瞬間、彼女は、心のシャッターをピシャリと下ろしてしまうような気がする。それに何より、僕が鎧塚さんに近付きすぎることで、彼女がようやく手にした大切なものを壊してしまうかもしれないと思うと、怖かった。

ふと気がつくと、反対側のホームに鎧塚さんの姿があった。距離があるからよくわからないけれど、楽譜を開いているように見える。こちらを気にする素振りは微塵《みじん》もない。ここでうっかり声を掛けたり、手なんか振ってしまおうものならば、すぐさまジ・エンドといったところだろう。まあ、僕の性格的に、そんなことができるはずもないのだが。

♪


「それでは、こちらが利用許可証と、音楽練習室の鍵です」

「ありがとうございます」

　鎧塚さんはそう言ってカウンター越しに微笑んだ。いつもの白いコートを揺らしながら、音楽練習室へと去っていく。

　彼女と駅の待合室で語り合ったあの日から、幾らかの時が流れた。センター入口の自動ドアで隔てられた向こう側の世界には、冷たい雨が降り注いでいる。この辺りの冬は、とにかくカラカラとした晴天が続く。つまり、天気が崩れるようになったら、それは春の兆しだ。寒さの厳しい季節にも、終わりが見え始めている。

　あれから僕は少しだけ、鎧塚さんと距離を取っていた。業務上必要な話はする。でも、それ以外の雑談はそれとなく避けていた。僕の中で起きた小さな変化に、彼女が気づいているのかはわからなかった。けれど、特段変わった様子はなく、これまで通りに僕と接してくれている。

　明確に変わったことがあるとすれば、山崎さんだ。表面上はいつもと変わらぬ笑顔のままなのだけれど、水曜日が来る度に、何か言いたげな顔をするのである。僕はその変化に気づいていたものの、あえて自分からその理由を問い質《ただ》すことはしなかった。

今日は珍しく、この地域交流センターのホールで催し物が行われていた。室内楽、というジャンルのコンサートらしい。平日の夜に、しかもこの『辺鄙な』ところにあるセンターで行われるイベントだから、人の入りは決して多くはなさそうだった。しかも今日は、冷たい雨というおまけ付きだ。

僕が関わるのはホールを開けるときと閉めるとき、そしてマイクなどの設備関係で問い合わせがあったときだけなので、詳しいことは知らなかったし、特段、興味もなかった。せいぜい、いつもよりロビーが少し賑やかだな……というくらいである。

「……はあ」

僕はトイレの鏡の前で、とっくに見飽きた自分の顔を見つめながら、大きなため息を吐いた。

ここのところ、時間が流れるのが遅い。特に、水曜日は。

そんな僕の横で、利用者と思われる高齢の男性が手を洗い終えた。少し訝《いぶか》しそうにこちらを見たものの、そのまま、ドアを開けて外へと出て行く。

この地域交流センターでは、職員のトイレは利用者と共用になっている。自治体というのは大抵お金が足りないものだから、これも節約の一環なのかもしれない。

それはさておき。利用者の前で変な態度を取れば、クレームに繋がりかねない。本当に、苦情というやつは思いもよらない方角から飛んでくるのだ。利用者の目があるところでは、品行方正に努《つと》めるに限る。背筋を少しだけ伸ばして、僕はトイレから廊下へ出た。

「ケイちゃん……あなた、鎧塚、ケイちゃんでしょ⁉」

聞き慣れない声がした。しかも、まあまあ大きな声だ。反射的に声のした方向へと視線が飛ぶ。トイレのあるこの廊下の先には、音楽練習室があった。その入口の防音扉の前で、硬い表情をした鎧塚さんと、小柄な女性が話をしている。というより、女性の方が一方的に鎧塚さんに話しかけているようだった。

「随分お姉さんになったから、わからなかったわ！　髪、染めちゃったの？　くるくるの茶色い髪が、お人形さんみたいに可愛らしかったのに。でも、お顔立ちはあの頃のままね。まあまあ本当に、何年ぶりになるのかしら」

黒々として美しい、鎧塚さんの髪。その髪越しに見えた彼女の顔は、これ以上ないくらいに蒼白だった。

「ケイちゃん、今もピアノを弾いているの？」

その言葉に、鎧塚さんはビクッと反応した。彼女の態度と相反するかのように、そうなのね！　と女性が声を弾ませる。そしてそこから一気に声を潜めて、こう続けた。

「……あんなことが、あったから。てっきりピアノはもう、やめてしまったんだと思ってね」

少し離れた場所から見ても、はっきりわかった。

鎧塚さんはこの女性に対して、怯えている。

『ここ、本当に居心地がいいんですよ。知らない街って、すごくいい』

あの時、駅のホームで見た鎧塚さんの笑顔は、とても穏やかで、自然なものだった。

『私はここで、「ただのピアノが好きな人」でいられる。ここにいる間は、自由に呼吸ができるんです』

——雨の音が、聴こえる。

トントン、トントンと、屋根を打つ雨の音。先ほどより、雨足が強くなったのだろうか。僕はふと、そんなことを考える。

——違う。

これは、僕の心臓の音だ。

トントントントントントン……

僕の身に何かが起きたわけではない。それなのに、僕の心臓は近くにいる誰かに聞こえてしまうのではないかというくらい、うるさく鳴っていた。

――ダメだ。そんなの、ダメだ。

お願いだから、鎧塚さんの『居場所』を奪わないでくれ。

「あの！」

僕は、今まで出したことがないような声を出した。その声に、鎧塚さんと彼女に話しかけていた女性がこちらを振り返る。

――考えろ、考えるんだ。

彼女の大事な居場所が、奪われてしまわないように。

「……廊下では、静かにしてください」

いたずらをした子どもを叱るかのような、ぺらぺらの言葉。

僕の場違いな言葉を皮切りに、奇妙に張り詰めた沈黙が漂う。

「すみません」

膠着《こうちゃく》した状況を破ったのは、鎧塚さんだった。落ち着いた声で、彼女は続ける。

「ごめんなさい、どなたと間違われているのかわからないですけど、人違いだと思います」

鎧塚さんは、目の前の女性に丁寧にそう告げると、軽く微笑んで会釈をした。クルリと背を向け、音楽練習室へ入っていく。後に残された女性は、狐につままれたような顔をして立ち尽くしていた。恐らく僕も、似たような表情をしていたに違いない。

僕は、さっさとその場から去ることにした。混乱した様子の女性が気の毒に思えないこともなかったのだけれど、どんな経緯にせよ、せっかく場が収まったのだ。ここで彼女から何か話しかけられでもしたら、それこそ、たまらなかった。

♪

プルルルル……

「はい、受付です」

「音楽練習室です。終わりましたので、確認をお願いします」

「わかりました」

電話口から聞こえた鎧塚さんの声は、落ち着いていた。僕はふう……とひとつ息を吐き出した後に、音楽練習室へと向かう。

ホールの催し物は、一足先に終了していた。撤収の際、鎧塚さんに話しかけていた女性と鉢合わせたが、彼女は特に何も言ってこなかった。先程のやり取りだけでは僕と鎧塚さんに面識があるとは思っていないだろうから、当然と言えば当然だった。

「さっきは……本当に、ありがとうございました」

「いえ、僕は何も」

音楽練習室に入ると、開口一番に鎧塚さんがお礼をしてきた。丁寧に頭を下げる彼女を前にして、僕はただひたすらに気まずかった。結果的に役には立ったのかもしれない。でも、自分の取った行動を思い出すと、不甲斐なさで顔から火が出そうだった。

「……昔の知り合いなんです。その……コンクールとかに、出ていたときの」

緊張から解き放たれたからなのか。それとも、曲がりなりにも顔見知りと言える程度の僕を相手にしたからなのか。鎧塚さんは、堰《せき》を切ったように話し始めた。

「そもそも、あまり興味がなかったんです。コンクールは」

そう言うと彼女は俯いて、右手で左腕をきゅっと掴んだ。

「でも、出場していい順位に入ると、みんなが喜んでくれるし。自分に向けられる拍手や歓声を、嬉しく思う気持ちもありました。たぶん、人並みには」

でも……と彼女が目を伏せたまま、続けた。

「私は、誰かに見つかりたくて音楽をやっているわけじゃないんだって、よくわかったんです」

切なかった。この言葉たちが彼女の本心なんだと、痛いほどに伝わってきた。

「ただ、音楽が好き……ピアノが好きだから、それに、時間を費やしたい」

そう言うと鎧塚さんは、泣き笑いのような表情をこちらに向けた。

「それだけなんです」

彼女が背負ってきたものの大きさを思うと、かける言葉を見つけられなかった。

「……また、あの方はここを利用するんでしょうか」

ここは公共の施設だ。条件を満たした人間なら誰でも利用できる、開かれた場所。そういう性質を持つ以上、今日のようなことが起こる可能性は、これからも消えることはない。

――でも。

自分でも驚くほどに、冷静な声が出る。僕の言葉にパッと顔を上げた鎧塚さんは、

「何か起きたら、起きたときに考えればいいんじゃないですか」

無防備な表情をしていた。この人は今までどれだけの『目』に晒《さら》され、それに苦しんできたのだろうと、つい、思いを馳せてしまう。もっとも、彼女から話を聞いたわけでも、自分で調べたわけでもないのだから、それらは単に僕の妄想に過ぎないのだけれど。

「僕はここの職員で、一応、公務員ですし、誰かを特別扱いすることはできません。ここは開かれた場所ですし、そうあるべきです。でも」

僕は軽く息を吸い込み、しっかりと鎧塚さんの目を見つめて言った。

「鎧塚さんにも、ここを自由に使う権利があるんです」

僕の言葉に、鎧塚さんの瞳が揺れた気がしたけれど、僕は目を逸《そ》らさないように努

めた。

これだけは、きちんと伝えたかった。公共の場所を使うのに、彼女が後ろめたく思う必要なんて、一つもない。

「それに」

僕は、パッと目を伏せた。そして、早口でこう言った。

「僕、鎧塚さんのこと、知らなかったんですよ。そのくらいの知名度なんだから、そんなに心配しなくてもいいんじゃないですか」

僕の言葉に、鎧塚さんは小さく口を開けたまま固まってしまった。心臓がうるさく鳴っている。彼女の反応が気になって仕方なかったけれど、とてもじゃないけど顔なんて見られなかった。二人の間に流れる沈黙が、永遠のように感じられる。

「……確かに」

鎧塚さんの気の抜けた声が聞こえて、僕はようやく顔を上げた。そして、穏やかな笑みと共に、鎧塚さんは軽く吹き出して笑い始めた。とてもいい笑顔だった。その様子を見て、僕は全身の力が抜けていくのを感じた。心の底から、ほっとした。

♪

仕事を終えた僕は、いつも通り山崎さんにセキュリティボックスの鍵を渡し、通用口からセンターを出た。

雨は、いつの間にか上がっていた。綺麗に洗われた空気が、僅かに温《ぬる》く感じる。毎年このくらいの時期になると、春に向かって容赦なく進む時間に、気持ちが置いていかれそうになってしまう。

今日は心なしか、いつもより疲れた気がする。

明日も仕事だ。早く帰宅して、風呂に浸かろう……そんな僕を、思いもよらない展開が待っていた。センターを出たところに、僕を待つ人がいたのである。鎧塚さんだった。

「駅までご一緒しませんか？」

断る理由を探す方が、難しかった。先程までの疲れが、霧散したかのようにどこかへ消えてしまった。我ながら、大変都合がいい身体に苦笑するほかない。

「お礼がしたいんです。さっきの」

僕と鎧塚さんは、間に二人分くらいの距離を空けて、ゆっくりと歩いた。この時間の住宅街は本当に静かだ。雨上がりの地面を踏む僕と鎧塚さんの湿った足音だけが、静まり返った空間に微かに響いている。

　何か話したいことがあるのでは……そう思っていた僕は、鎧塚さんが話し出すのを待っていた。ようやく口を開いた彼女は、『何か好きな曲とか、ないですか？』と聞いてきた。思いがけない言葉だった。

「モノとかだと、重いかなって。演奏なら、私も楽しいし」

「いいんですか？」

　あんなことくらいで……と続けようとした言葉の後半は、間一髪のところで飲み込んだ。その言葉がこの流れに水を差すものだということは、察しの悪い僕にも何となくわかったのだ。

「私の演奏で良かったら。あんまり難しいのは、時間がかかるかもしれないけど」

　僕は、クラシックには明るくない。せっかくの機会だからとぐるぐる考えを巡らせてみたけれど、ちょうどいい答えにはなかなか辿り着けなかった。

『ああ、この曲？　『アメリのワルツ』でしょ、知らないの？』

　ふと、脳裏を過ったとある声に釣られるように、僕はポツリと呟く。

「……『アメリのワルツ』」

「え？」

鎧塚さんが、少し驚いたような表情になった。僕はその反応を見て、何かを間違えてしまったのかと不安になる。

「まずかったですか。クラシックではないと思うんですけど」

「いえ……映画音楽、ですよね」

「多分？」

どうやら鎧塚さんは、僕よりもこの曲のことをちゃんと知っていそうだった。

「……妹が、フィギュアスケートを好きで」

「へえ！」

そんなに反応してもらえるようないい話じゃないんだ……そう思った僕は、気まずさで思わず頭をかいた。

「僕自身は、さほど興味がないんですけど。たまたま、妹がテレビで女子の競技を観ていて。華奢で、折れてしまうんじゃないかって心配になるような女の子ばっかりなんですよ。そういう子たちが何回転ジャンプ……とかバンバン跳ぶので、改めて、すごいことをやってるなと思ってたんですけど」

「はい」

「ひとり、ずば抜けてスピードの早い子がいたんです。素人目に見て、はっきり他と違いがわかるくらい。気になったので、そのままテレビを観ていました」

そのときのことを、僕はぼんやりと思い出していた。

「ジャンプも、すっごい『跳ぶ』んです。高さと、飛距離っていうのかな。ますます目が離せなくなりました。それで、その女の子が使っていた曲がとても落ち着いた雰囲気のものだったんです。メランコリック？　って言うんですかね」

音楽に明るくない僕は、曲を聴いて感じたイメージをわかりやすく人に伝える言葉を持っていなかった。必死に単語を繋ごうとしているせいで、何だか、妙な汗をかいているような気がする。

「……とても、可愛らしい曲だったんですよ。ダイナミックな演技とのギャップがすごいなって。それで妹に『今の曲、知ってる？』って聞いたら、『アメリのワルツ』だと」

「……素敵ですね」

「そうですか？」

僕は鎧塚さんの言葉に少し困惑した。今の話のどこに『素敵』と思えるような要素があったのだろう。とりあえず、ここにはいない妹には感謝しておくべきなのかもしれない。

「『にわか』どころの話じゃないですよ」

「ううん。とても、素敵だと思います」

そう言うと、鎧塚さんはにっこりと微笑んだ。

「楽譜を探して、練習してみます。お聴かせできるくらいになったら、またお声掛けしますね」

「……ありがとうございます」

鎧塚さんと僕は、顔を見合わせて、そして笑った。

雨上がりの月が、綺麗な夜だった。

僕は、穏やかな幸せを感じていた。何なら、結構舞い上がっていた。鎧塚さんとの距離が自然と縮んだような気がして、嬉しかった。何なら、この先に起こるかもしれないことをアレコレと想像して、浮かれていた。

――だから。

僕らのささやかで、とても大切な約束。それを脅かすような出来事が間もなく起きようとしているなんて……このときの僕は、知る由《よし》もなかった。


♪


『僕はここの職員で、一応、公務員ですし、誰かを特別扱いすることはできません』

何故だか僕は、鎧塚さんにそう告げたときのことを思い出していた。

「珍しい顔をしているね」

「珍しい顔、って何ですか」

課長の口から出た言葉に、思わず苦笑してしまう。珍しい顔って、何だよ。

僕は、嘘が下手だ。そんな僕を『感情が出にくい顔』という一面が、ある種、支えてくれていたのだろう。しかし、その武器はもはや通用しないのかもしれない。多分、今の僕は表情も、口から出る言葉も、何ひとつ誤魔化せていないのだろう。参ったな。

「君は、クレームやトラブルにあまり動じていないように見えていたから。こういう話をしても、もっとあっさりした反応をするだろうと思っていたよ」

「動じていないように見えましたか」

「まあ、内心は色々あるんだろうは思っていたけどね。たまに仕事をフォローすることぐらいしか、私にはできなかったけど」

「お気遣い、ありがとうございます」

だったらもう少し窓口に出てこいよ……という言葉はギリギリで飲み込み、お礼の言葉にすり替えた。トラブルの噂《うわさ》はすぐに広まる。これから先の仕事がやりづらくなるのは、ごめんだった。

「何か、この職場に未練でもあるのかい？」

僕は、その言葉に上手く返事ができなかった。

事務所から窓口に出ると、待ち構えていたかのように山崎さんがカウンターの脇に立っていた。いつも通り、ニコニコしている。

「聞いてたんですか」

「聞いてたね」

「……悪趣味ですよ」

思わず強い言葉を吐いてしまう。しかし、山崎さんの表情は変わらなかった。本当に、この人は空気が読める人だ。頭が下がる。

「近頃は三年くらいで、みんないいなくなっちゃいますね。経験を積ませるための人事と言えば聞こえがいいけど、その度に人間関係から何から、色んなことを一からやり直すわけだから、大変だ」

そこまで言うと山崎さんは、こちらを見た。

「どうするの、スーちゃん」

その問いが何を指すのかがわからないほど、鈍《にぶ》くはなかった。

「どう……しましょう、ね」


♪

四月に入り、季節は一気に前へと進んだ。慌ただしく桜が咲いたのを皮切りに、色とりどりの花たちが、世界をカラフルに染め始めている。

そして今日は、水曜日だ。時刻は、午後九時を回ったところである。

僕はいつものように、鎧塚さんの使った音楽練習室のチェックに来ていた。指差し確認をしている僕に、彼女が薄い冊子を見せてくる。

「楽譜」

鎧塚さんはそう言うと、にっこりと笑った。

「見つかったんです。今、練習中」

とても素敵で、自然な笑顔だった。


――このまま。

どうか、このまま。

世界が、美しく染まったまま。

時が止まってしまえばいいのに。

僕は、鎧塚さんの抱える楽譜を見ながら目を細める。

そして、彼女の目を見て、微笑んだ。

「ありがとうございます」

——僕は。

「楽しみにしています」

僕は、言わなかった。

『言えなかった』じゃなくて、『言わなかった』。

僕が来週にはこのセンターから異動するという事実を、鎧塚さんに伝えなかった。

異動の希望など、出すわけがなかった。これからもこの穏やかな日々が、できるだけ長く続くようにと願っていたのだから。そんなもの、出すつもりもなかった。

しかし、仕事において自分の要望が通ることなんて、そう多くはない。これまで散々そういう目に遭ってきた。なのに、今回だけ例外が起きるなんて、どうして期待したりしたのだろう。

突然、姿を消す僕に対して、鎧塚さんはどんな感情を持つのだろうか。どんなに確かめたくても、僕にそれを知る資格はない。

桜が開花のピークを越え、嵐のようにその花を散らし始めた頃。

僕と鎧塚さんの『水曜日』は、ひっそりと幕を下ろしたのだった。

第二章

美しい四月に

Episode 2

♪


「もー……いつまで雨が続くわけ？　乾かないじゃん、洗濯物が」

不機嫌そうにピシャッとカーテンを閉める妹の背中を、僕はぼんやりと眺めていた。

「四月って、こんなに天気悪いもんだったっけね」

ボサボサのショートヘアをくしゃくしゃとかきながら、妹の宙《そら》がこちらへと戻ってくる。ダボダボのスウェットに、お揃いのショートパンツ。どこからどう見ても典型的な部屋着だ。ショートパンツから伸びる長い脚は、驚くほど白く、そして細い。

宙は、ドカッと音を立ててダイニングテーブルの椅子に腰掛けた後、足を折り畳んで両腕で抱えた。椅子の上で体育座り、という妙な格好である。真向かいに座る妹の行動を見て、僕はため息を吐いた。

「行儀悪い」

「兄貴の前で品よくしてたって仕方ないじゃん」

またひとつ、ため息が増える。無意識に、先ほどより大きな音を出してしまった。

「……今日、もう火曜日なんだけど」

宙は、変わりありませんか……そんな風に控えめにこちらの様子を伺うメールを、今し方読んだばかりだ。僕が家にいるとわかっていて連絡してきたのだろうということは、想像に難くなかった。

地域交流センターは、年末年始や施設の点検日を除いて、基本的に休みなく稼働している。職員は土日のどちらかを出勤日とし、その代わりに平日に代休を取る。僕の休みは、土曜日と火曜日だ。

「ちゃんと実家に連絡入れてるの？」

「入れてません」

ザ・開き直り。僕は目を細めて、宙を睨《にら》む。

「約束しただろ。離れて暮らすんだから、母さんたちとはちゃんと連絡を取り合うって」

「兄貴が何かのついでに私のことも報告してくれればいいじゃん」

「それじゃ意味がないから言ってるの」

もう何度、こんなやり取りを繰り返したかわからない。僕と宙の話は、この手の話題ではいつだって平行線を辿る。

「……だいたいあの人たち、私に興味なんかないでしょ」

「はい、ＮＧワード発動。今日の洗い物担当、宙に変更」

僕は、壁に貼ってある紙を指差した。黒く大きな文字で『誓約書』と書いてある。あまり綺麗な字ではない。僕が書いたものだ。その後に続く丸文字は、宙の筆跡である。

【誓約書】

以下の事項を守れなかった場合、ペナルティを負うことを了承します。宙

・毎週必ず、実家と連絡を取る
・親の悪口は言わない

「……んもう！　今のは悪口じゃない！」

「事実じゃないことを言って貶《おとし》めたんだから、一緒だろ。自業自得」

僕は、マグカップに入ったコーヒーをひと口飲んだ。酸味の強さに、顔が歪む。淹《い》れてから時間が経ってしまったせいかもしれない。さっさと飲み干してしまうべきだったな。

「母さんも父さんも、宙のことが心配でたまらない。わかってるだろ、本当は」

宙は、まだ十代だ。僕とは随分歳が離れている。彼女は、まだ幼さが残るその顔を、僕からわざとらしく背けた。

「……そんなの、私が『天才子役・辻本奏良《つじもとそら》』だったときの話でしょ。表舞台から降りた私に、興味なんてあるわけがない。放っておいたら寝覚めが悪いから、形式的に連絡してくるだけ」

「被害妄想」

僕の言葉に、宙がキッと眼光を鋭くしてこちらを睨む。そんな姿すら何だか絵になってしまうことに、やるせない気持ちになった。僕の妹は、そこらの人ならたじろいでしまうような、ものすごく整った容姿をしている。

「……兄貴の、バカ」

そうポツリと呟いて、宙は自室へと帰ってしまう。バン！　とドアが閉まるヒステリックな音がして、僕はまた、ため息を吐いた。

♪

コン、コン。

「宙」

僕は、部屋のドア越しに宙からの返事を待った。反応はない。

「入るよ」

やはり、返事はない。僕は軽く息を吐いてから、カチャリ、と宙の部屋のドアを開けた。

明かりは、ついていなかった。雨の日の室内は、窓があっても電気をつけなければかなり薄暗い。少し目を凝らして部屋を眺めると、宙は、ベッドの中に潜り込んでいるようだった。

「出かけるけど」

僕の言葉に、ワンテンポ遅れて宙が反応した。掛け布団を僅かにめくり、目だけでこちらを見てくる。

「車?」

「当然。雨だし」

「……行く」

そう言うと、宙はベッドからのろのろと起き出してきた。


サアアアアアア……

霧のような雨が、世界を濡らしている。マンションの駐車場に出ると、しっかりと雨の匂いがした。宙と共に車に乗り込んだ僕は、腰の下に置いたクッションの位置を微調整して、エンジンをかける。

「行き先は？」

「特にないよ。走らせたいだけだから」

「ふうん」

　宙はそう言ったきり、そのまま黙り込んでしまった。スウェット姿のまま助手席にもたれかかり、窓越しに遠くを見つめている。僕に目的地があろうとなかろうと、どっちだっていいのだろう。

　僕はまたいつものように、当てもなく走り出す。ドライブのお供は、いつものラジオ番組だ。平日の昼に放送する帯番組なので、いつもは仕事で聴くことができない。だから火曜日は、僕にとって水曜日とは違う意味で特別だ。

　僕と宙の間に横たわる沈黙を埋めるように、車のスピーカーからパーソナリティの語りが流れてくる。

『午後一時になりました。皆さん、いかがお過ごしでしょうか……』

　僕の、唯一と言っていい趣味が車だ。と言っても、メカニズムに対する興味が強い訳ではない。『車に乗って走る』という行為そのものが好きなのだ。

高校三年生の冬。推薦などで既に進路を決めていたメンバーを中心に、教習所に通い出す同級生がポッポッと出始めた。学年が上がって早々に十八歳となり、指定校推薦で既に進学先が決まっていた僕は、何となくその流れに興味を持った。そうか、もう自分で車が運転できるような年齢になったのか……そう思った。

教習所に通ってみたいという僕の希望は、あっさり両親に受け入れられた。後になってわかったことだけれど、毎年の誕生日プレゼントすら悩んでしまうほどに物欲が薄い僕を、両親は心配していたらしい。そういう意味では、子役という仕事に熱意を注いでいた宙の方が、親としても育て甲斐があったのかもしれない。

順調に免許を取った僕だったけれど、実際に運転が趣味となるまでには少し時間がかかった。実家の車は宙の送り迎え専用と化していたからだ。流石《さすが》に車をねだるわけにもいかず、僕はすぐにアルバイトを始めた。

初めて買った車は、中古の軽自動車だった。鍵を受け取ったときの何とも言えない高揚感は、未だにちょっと忘れられない。

エンジンをかけ、車を走らせる。そのとき、不意に頭を過る記憶があった。

家族四人で、旅行をしていた頃のものだった。

父が運転をし、既にチャイルドシートを卒業していた僕が助手席に座る。後部座席には母と、まだ幼い宙がいた……

記憶の中の家族を思い描いたとき、僕は、少し泣いたのだと思う。

両親は宙にかかりきりだった。放任主義といえばそうとも取れたし、全てに納得していたつもりだった。でも僕は、実のところは寂しかったのだろうか。

それから、僕は車の運転にのめり込んだ。隙を見つけては、東西南北、色々な場所へと出かけていった。自分の手で世界を広げる感覚に、夢中になった。そして、僕の意識が家族から離れつつあった頃、事件は起きた。


宙の心が、限界を迎えたのだ。


彼女が表舞台から退かざるを得なくなってから、僕たち家族はどこにも行けなくなってしまった。閉塞感に苛《さいな》まれた家族に『分かれる』という選択肢を提案したのは、僕だった。

僕と宙、そして両親。

ただ、一つの家族が二つの班に分かれた。それだけのことだ。

そして月日は流れ、僕と宙はこうして、車さえあれば『どこへでも』行けるようになった。人前に出たがらない宙が、家を出て、遠くへ行くことができる方法。

本当は、家族四人が一緒に、どこにだって行けるようになったらいい。

――そんな日がいつかきっと来ると、僕は、信じている。

♪


『それでは次の相談に参りましょう。恋愛相談のようですね。ラジオネームは……』

宙も僕も、あれから言葉を発していなかった。車内を包むラジオの音声と、背後でBGMのように響く雨音たち。心地よい音だけで構成された空間が、僕たちの心の緊張を緩やかに解《ほど》いていってくれていた。

「……『水曜日の君』、だっけ」

「は？」

「兄貴、どうなったの？　その人と」

第一声がそれか……僕は、色々な意味で口を開くことができなかった。

「兄貴、いつから彼女いないの。てか、その歳になってまだ彼女いないとか、結構やばくない？　もうアラサーでしょ」

「……大きなお世話過ぎて、どこから突っ込んだらいいかわかんない」

「だよね」

そう言うと、宙はポツリと呟いた。

「……よくグレなかったよね、兄貴」

「え」

「歳の離れた妹が有名子役になって、親はそっちにかかりきりで……私が兄貴の立場だったら、絶対グレてたと思う」

「いや……当たり前のことのように言ってるけど、グレるかどうかってそもそも人それぞれなんじゃないの」

「……兄貴だけは、変わらなかったよね」

　話題がポンポン飛ぶのは、宙の癖だ。慣れているとはいえ、流石に話の展開が読めなかった僕は、会話の行き先を黙って見守る。

「私が有名になっても。持て囃《はや》されても。つけ上がっても……兄貴は、変わらなかった」

　僕は困惑した。変わったとか、変わらなかったとか、自分ではよくわからない。

「忙しくて大変そうではあったけど、宙も母さんたちも、楽しそうだったじゃん。それが一番だと思ったから、僕のことは別に」

「あははっ」

　宙が声を立てて笑った。

「……そう、そうなんだよね。私……楽しかったんだよ、仕事」

軽く伸びをした後、宙は、ボン！　と勢いよく背もたれにもたれかかった。

「ずーーーーーっと、勘違いしてるんだよ、あの人たち。私が仕事を続けられなくなった理由。『私たちが子役の仕事を強制したせいだ』って、勝手に決めつけて……そんな、単純なことじゃない。自分たちのせいにして悲しみに酔いたいだけで、私と向き合う気なんてないんだろうなって思うと、絶望する」

「……今日、お風呂掃除も追加にしとく？」

「だから、悪口じゃないってば！」

宙は、僕の言葉に口を尖《とが》らせる。そして不意に、真剣なトーンで語り出した。

「ひょっとして、私のせいだったりする？」

「何が」

「彼女、いないの」

宙が、気遣わしげにこちらをチラッと見る。もっとも、僕は運転中なわけだから、そんな気がしただけだけれど。

「私のために……私のせいで、犠牲にしてることがいっぱい、あるんじゃないの。彼女ができても、家に連れてくることもできないもんね……いや、私がさっさと自立しろって話か」

自嘲気味に、宙が笑う。

もう、このようなやりとりは数え切れないほどしているはずだった。それでも宙は、僕の気持ちを確かめずにはいられないのだ。そう思うと、やりきれなかった。

「別にいいよ、いくらでも。僕のところに居たいなら、居たいだけ居れば」

何度聞かれても、答えは変わらない。僕は淀《よど》みなく言葉を続けた。

「ただ、僕に頼りきりじゃなくても宙が元気で過ごせるようになったら、宙は今よりもっと息がしやすいと思う。母さんたちとも適切な距離で付き合えるようになったら、お互いに楽になると思う。それが家族にとって一番いいと思うから、そうなってくれたらいいなと思ってるし、そのためにできることは何だってやる」

「……その割には、強制とかしないよね。文句は山ほど言うけど」

「相手があることを無理強いしても仕方ないよ」

いつも言ってるけど、と僕は付け加える。

「僕は自分がやりたいことしかしない。やりたくないことを進んでできるほど、器用じゃないから」

意思のある場所に向かって淡々と進む。そして、結果は大人しく受け入れる。

僕は、ずっとそうしてきた。そしてきっと、これからもそうだ。

『……それではここで一曲、お聞きください。メランコリックな雨の日にぴったりなテーマですね。どうぞ』

会話の合間に、タイミングよくラジオの音声が滑り込んできた。パーソナリティの語りに導かれるように、カーステレオから曲が流れ出す。

「あ、これ」

宙が声を弾ませた。

「あの曲じゃん。ほら、兄貴が私に曲名聞いてきたやつ。『アメリのワルツ』だよ。ちゃんと覚えた？」

意思のある場所に向かって淡々と進む。そして、結果は大人しく受け入れる。

僕は、ずっとそうしてきた。

家族の間に漂う重苦しい空気を何とかしたくて、僕と宙が家を出て一緒に暮らすことを提案したのだって。宙と一緒にいる時間がある程度はきちんと取れるように、時間に融通が利きやすく、安定した立場の地方公務員に就職したのだって。全部全部、僕の意思だ。

――でも。

『あのこと』だって、他と同じように自分で決めたのに。これほどまでに後悔ばかりが押し寄せてくるのは、何故なんだろう。

『楽譜、見つかったんです。今、練習中』

鎧塚さんのその言葉と笑顔だけが、脳内で何度も再生される。頭にこびりついて、離れない。

　僕は、後続車がいないことを確認して、路肩に車を寄せた。

「……兄貴?」

　宙の、戸惑ったような声がした。僕はハザードランプを点灯させ、車を停める。止めていた息を大きく吐き出して、ハンドルに覆い被さるようにもたれかかった。

「兄貴。どうしたの、具合でも悪いの」

　宙の声は、ひどく心配そうだった。色々と強がっていても、やはりまだ彼女は十代なのだということが、こういうときにわかる。声に、はっきりと不安が滲み出ていた。

　忘れたつもりだった。

　でも、忘れようと試みている時点で、それは忘れられないことと同義なのだ。

「……綺麗に終われることの方が少ないだろ、世の中」

　限界を超えて、仕事を無断でキャンセルした宙。行方不明になった彼女をどうにか捜し出したときに見た表情を、僕は一生忘れないだろう。

　もう二度と僕は、あんな表情は見たくない。それが、誰のものであっても。

　そう思ったら、他人に深入りすることが、怖くなってしまったのだ。週に一度、仕事として、職員という立場で会う関係が『ちょうどよかった』。自分でもどうかと思う。でも、その先に踏み込む勇気が、どうしても持てなかった。

「だったら、綺麗にさよならしてもいいのかもしれないって、思ったんだ」

最後に脳裏に焼き付いたのが鎧塚さんの笑顔なら、きっと、それはとてつもなく幸せなことなのだろう。そう、考えていた。

――いや、違う。

僕は、逃げ出しただけだ。彼女と向き合うことから、逃げた。

僕が何か行動を起こしたせいで、『笑顔以外の鎧塚さん』を知ることが、怖かった。人間としての生々しい付き合いを、僕は拒んだ。彼女とのことは、綺麗な思い出のまま、心に保存しておきたかった。

それを選んだのは自分なのに、どうして僕は今、こんな風にしているのだろう。

「……いやちょっと、脈絡がなさすぎて意味わかんないんだけどさ。『水曜日の君』の話？　兄貴、割と話飛ぶよね」

「……宙には言われたくない」

僕は駄々をこねるような声を出した。情けないこと、この上ない。

「よくわかんないけど……兄貴がそんな風に突っ伏してる時点で、『綺麗に終わって』はいないんじゃないの」

不意に、肩に温かい感触がした。

宙の手が、遠慮がちにゆっくり、僕の背中をさする。

「何もせずに終わっちゃったのが、後悔なんだとしたらさ。せめて、当たって砕けてみたらいいんじゃない？　今からでも」

「……何で砕けるのが前提なんだよ」

「あれ、違うの？」

そう言って宙が笑った。彼女なりの気遣いが、心に沁《し》みる。

兄貴の好きなようにしたらいいよ。でも、結果は教えてね……

宙のその呟くような声を、僕はどこか他人事《ひとごと》のような気持ちで聞いていた。何をどうするのかを決めるのは、いつだって自分自身だっていうのに。

♪

腕時計を見ると、時刻は午後六時四十五分を指していた。いくら暖かくなってきたとはいえ、この時間になると世界は闇に包まれる。改めて時刻を確認した僕は、その暗闇に向かって、小さくため息を吐いた。

もう、この一連の動作を何度繰り返したかわからない。

今日は、水曜日だ。

僕は今日、時間休を取って早めに仕事を切り上げて、ここに来た。

つい先程まで、山崎さんと守衛室で話をしていた。もはやこの場所とは何の関係もない僕が突然現れたものだから、山崎さんは一瞬、真顔になった。そして、僕が今まで見てきた中で一番と言っていいくらいの笑顔を見せてきた。『破顔一笑』とはきっと、ああいう表情を指すのだろう。

「らしくもない。一体どうしたの」

僕は、その言葉に口を噤んだ。しかし、口ぶりとは裏腹に、山崎さんはとても嬉しそうだった。

「いいねえ。若いってさ」

——そして、今。

僕は、かつての職場の入口に立っている。

できることなら、今すぐここから逃げ出してしまいたかった。今なら全てをなかったことにできる、引き返せ……という思いと、ここに来た理由を思い出すんだ、どんなにしんどくてもここに留まらなければ……という思いとが、心の中で力一杯綱を引き合っている。

「何してるんですか?」

どうやら、それは僕に向けられた言葉らしかった。恐る恐る声のした方を見ると、そこにいたのは僕の待ち人だった。凍《い》てつくような無表情。彼女のこんな顔、初めて見た気がする。

久しぶりに鎧塚さんに会えたというのに、僕は、嬉しさが掻き消されそうなほどの不安に苛まれた。

「……約束。まだ、有効ですか」

僕は、やっとの思いで声を絞り出した。鎧塚さんの視線を何とか受け止めようと、必死で彼女の目を見つめる。喉が、カラカラだ。

「もう期限切れだったら、帰ります。ここへは二度と来ません」

二人の間に横たわる沈黙が、永遠のように感じられた。無表情のまましばらく僕を見つめていた鎧塚さんは、ややあって小さくため息を吐いた。そして、ゆっくりとバッグから何かを取り出す。

それは、最後に鎧塚さんに会ったときに見た、『アメリのワルツ』の楽譜だった。

「……いつ必要になるかわからなかったから、入れっぱなしでした」

鎧塚さんはそう呟きながら、楽譜に目を落とす。

彼女が今どんな気持ちでいるのか、僕にはさっぱりわからなかった。怒っているのか、悲しんでいるのか……それとも、喜んでいるのか。表情からも声からも、何ひとつ読み取れない。

「何してるんですか」

鎧塚さんはコツコツと靴を鳴らしながら、立ちすくむ僕を追い越した。彼女はセンターの建物を背に振り返って、射抜くような視線で僕を見る。

「約束、果たしにきたんじゃないんですか」

鎧塚さんの硬い声にビクビクしながら、僕は、すごすごと彼女の後を付いて行った。


♪


僕も、そして鎧塚さんも。音楽練習室に着くまで、一切の言葉を発しなかった。もっとも僕は、何かを言ったほうがいいのか、それとも言わないほうがいいのかがわからないまま、消極的な選択肢を取り続けただけだったのだけれど。

久しぶりに入った音楽練習室は、何もかもがあの頃のままだった。不意に込み上げてきた懐かしさに、僕は小さく息を吸い込む。まだ、この場所を去ってから一ヶ月ほどしか経っていない。それなのに、自分の居場所はここではないという寂しさが、僕の心に淡く漂う。

鎧塚さんが、ピアノの椅子に腰掛ける。

僕は、どこにいたらいいのだろう。少し迷った末に、大きく開いたピアノの蓋の側に立つことにした。しかし、所狭しと張り巡らされた弦にすっかり圧倒されてしまい、慌てて視線を鎧塚さんへと戻す。

ピアノというものはすごい楽器だ。改めて、そう思った。

ふう……と深く息を吐いて、鎧塚さんは華奢な手をふわりと鍵盤に乗せた。

僕が彼女のピアノをきちんと聴くのは、これが初めてだ。

ポロン……

♪

鎧塚さんにこの曲をリクエストした後、僕は、大本となった映画を初めて観た。外国のオシャレな映画なんて、敷居が高くてとてもとても……と思いかけた僕の背中を、サブスクリプションという便利なサービスが押してくれた。かくして僕は、宙に隠れて映画を観ることに成功したのである。

もし、宙にこんなところを見られようものなら、『らしくない』『何があった』『観始めた理由を吐け』と質問責めに遭うに違いなかった。文明万歳、である。

不思議に満ちた映画だ……と思った。僕は、映画やドラマを観るときは、登場人物の言葉の意味をしっかり考えたいタイプだ。しかし、それらをひとつひとつゆっくり考える暇など、与えてはもらえない感覚があった。不思議な言動、不思議な画作《え》り。僕は、頭の中にハテナをたくさん浮かせたまま、くるくる、くるくると、パラパラまんがのように軽やかに場面が移り変わっていくのを、呆然と眺めていた。

しかし、嫌な気持ちにはならなかった。何なら、『置いていかれる』ことが、心地いいとすら感じていた。

そして、何より、音楽がとても美しかった。

印象的な場面は、いつもピアノのメロディと共にあった。もっともそれは、音楽にあまり興味がなかった僕が、ここ数ヶ月ピアノの音色ばかりを気にかけてきた結果なのかもしれないけれど。

鎧塚さんが見つけてきた楽譜は、作中に度々登場する『アメリのワルツ』を、ピアノ用に編曲したものらしかった。明るさを孕みながらも、どこか物悲しさを帯びた音の並び。ピアノ版の『アメリのワルツ』は、静かに、そしてゆったりと始まる冒頭から、同じメロディが幾度となく繰り返される。しかし、そのメロディは次々と、そして複雑に色を変え、渦を巻くように豊かに広がっていく。まるで、モノクロの世界が色彩を獲得していくように。

そして今、この部屋の空間をカラフルに染めているのは、鎧塚さんの小さな手だった。

――このまま。

どうか、このまま。

世界が、美しく染まったまま。

時が止まってしまえばいいのに。

僕は、鎧塚さんと最後に会ったあのときと、同じことを考えていた。

でも、今日はこの言葉たちに、きちんと『続き』がある。

――怖くても、時を動かそう。

そのために僕は、ここに来たのだ。

♪


鎧塚さんがピアノを弾き終わってから、しばらく二人とも言葉を発しなかった。温かく、そしてにわかに緊張した空気が、二人を包む。

「……ひどくないですか」

口火を切ったのは、鎧塚さんだった。顔を上げた彼女の目は、僅かに潤《うる》んでいるように見えた。

「約束したのに、何も言わずにいなくなるなんて。あなたは、私が毎週水曜日にここに来るって知ってたからいいかもしれないですけど、私には、あなたと連絡を取る手段はなかったんですよ」

鎧塚さんは、しっかりと僕の目を見つめていた。

「本当に、勝手な人」

彼女は吐き捨てるように、そう呟いた。

「……ほんと、頭に来る。もうここへ通うのはやめようかと思ったことだって、あったんですよ。私が今までどんな気持ちでいたか、わかりますか」

「……わからないです」

「は？」

僕の言葉に、鎧塚さんの視線がいっそう険しいものに変わった。僕は、ここから逃げ出したい衝動に再び駆られたけれど、グッと踏みとどまる。

今日は、どんなに情けなくても、最後までやり切る。たとえ、綺麗に終われなかったとしても。

「わからないです。僕は、鎧塚さんのことをわかろうとしなかったから。自分のことしか考えていませんでした」

僕はゆっくり、そしてしっかりと頭を下げた。

伝わるだろうか。いや、伝わるかどうかの問題じゃない。

「ごめんなさい」

僕はそう告げると頭を上げた。必死で、鎧塚さんと目を合わせる。

「わかりたいと、今は思っています。怖い……ですけど」

僕の言葉を聞いて、鎧塚さんは眉間に皺を寄せた。

「僕は、ここでのあなたしか知りません。あなたのことを、ほとんど何も知らない。だから……怖いです」

でも、と僕は言葉を繋いだ。

「ちゃんと、知りたいです。わかりたいと思っています。あなたのことを」

「じゃあ、全部話しましょうか?」

苛立《いらだ》ったようなその言葉にびっくりして、僕は目を見開く。鎧塚さんは小さく息を吸い込み、堰を切ったように話し始めた。

「私は、鎧塚ケイといいます。出身は東京の西の方で、いま、二十八歳です。ピアノを弾いているのは、私の母もピアニストだったからです。小さな頃から、ピアノがずっとそばにありました。私の生活は、ピアノ一色だった」

鎧塚さんは早口で一気にそこまで言い切ると、はあ……とひとつ、息を吐き出した。そして、意を決したようにキュッと口を結ぶ。その唇は僅かに震えているように見えた。

——ああ。

この続きを告げるために、彼女はどれだけの勇気を振り絞っているのだろう。

『鎧塚って名前、目立つんですよ。すぐ覚えられちゃうから』

僕の脳裏に、かつて彼女が発した言葉が過った。そして、僕は決意する。

「私は」

「待って！」

珍しく大きめの声を出した僕に、鎧塚さんは言葉を止めた。

「あの……もう、いいんじゃないですか」

「え」

僕は、唾をごくりと飲み込んだ。息をひとつ吐いて、言葉を繋ぐ。

「何もかも背負わなくて、いいんじゃないですか」

僕の言葉に鎧塚さんは、口をしっかりと結んで、固まってしまった。

「とんだ勘違いだったら、すみません。でも、ちゃんと親しくなりたかったら全てを話さなきゃいけない、打ち明けなきゃいけないって……思ってませんか」

鎧塚さんがはっとしたように目を見開いた。みるみるうちに、その表情が頼りないものへと変わっていく。

「そういうの、やめませんか。すごく窮屈じゃないですか、そんなの……」

僕は軽く息を吸い込み、しっかりと鎧塚さんの目を見つめて言った。

「背負ってるものを全て詳《つまび》らかにしない限り、誰かと親しくすることすら、許されないんですか」

そこまで言って僕は、自分の発した言葉たちに大きな矛盾が生じていることに気がついた。

「ああっ！」

慌てた僕は、視線をあわあわと彷徨わせて、行き場のない手を身体の前でブンブンと振った。

「あの、知りたくないわけじゃないんです、鎧塚さんのこと！　ちゃんと知りたいいんです……あれ？　違うんです！　あの……」

「本当に」

頼りない表情のまま、鎧塚さんが静かに言葉を零した。

「何なんですか。知りたいって言ったり、言わなくていいんだって言ったり」

「……知りたいです」

これだけは、どうか誤解がないように……そんな気持ちを込めて、僕は大切に言葉を紡いだ。

「知りたい、です。でも、急ぎたくないんです。自然な形で進めたら……それが、一番嬉しい」

その瞬間、僕たち二人の間に、つんざくような爆音が割り込んできた。何が起きたのか理解できずに思考が停止した僕は、何秒後かにやっとその音の正体に気がついた。

とある国民的アニメのテーマソングだ。シンバルの音から始まる、景気のいい音楽。元気いっぱいの歌声は明らかにこの状況にはそぐわないもので、僕は呆気に取られてしまう。

鎧塚さんが、ポケットの中から何かを取り出す。スマートフォンだった。彼女が画面をタップすると、鳴り響いていた爆音がブツっと途切れた。

「……アラーム」

「へ？」

表情の読めない顔で、鎧塚さんがポツリと呟く。

「アラーム、かけてるんです。九時になる十分前に、いつも。五分かけて支度して、終了時間の五分前に受付に電話を入れてます」

おかしいな、まだ九時まで全然時間があるのに……鎧塚さんはスマートフォンに視線を落としながら、静かにそう言った。

「すごい音量でしょ？　でも、これくらいパンチのある音じゃないと、気がつけないんです。集中しているから」

「パンチのある音、って……」

僕は、咄嗟《とっさ》に耳を押さえる仕草をしていたことに、このとき初めて気がついた。

「いいじゃないですか、これくらい。仕返しですよ」

そう言うと鎧塚さんは目を瞬いて、上目遣いで僕を見た。

「散々待たされたんですから、いいでしょう。これくらいの仕返しは」

鎧塚さんはそう言うと、柔らかく口角を上げて、笑った。

それは、雨上がりの空のような、とても綺麗な笑顔だった。

♪


時刻は、午後九時を回ったところである。

地域交流センターを出るときにすれ違った山崎さんの顔を、僕はしばらく忘れられそうにない。何か言われるかなとドキドキしていたけれど、彼は、彼女の前で『どこにでもいる地域交流センターの警備員さん』を演じ切ってくれた。鎧塚さんに続いて歩く僕を見た彼は、満足そうな表情をしていた。最後まで僕は、山崎さんには頭が上がらないままだったな……と思う。

センターを後にした僕たちは、人一人分くらいの距離を空けて、並んでゆっくりと歩いていた。駅に向かう足取りは、軽いようで重くも感じられた。鎧塚さんがどう思っているかはわからないけれど、少なくとも僕はこのまま、温かい空気に浸っていたかった。

「……でも」

脈絡なく、鎧塚さんが話し始めた。僕は、彼女の顔を見る。

「ちゃんと会えて、よかった。『約束』を果たすために、いきなり電話がかかって来たりしたらどうしようかなと思ってました」

「は?」

鎧塚さんの言っていることが咄嗟には理解できずに、僕は、間抜けな声を出してしまう。

「だって……その気になれば調べられたでしょう？　電話番号とか」

ややあって、その言葉の意味に気がついた僕は、思わず大きな声を出した。

「そんなことするわけないじゃないですか！」

琥珀《こはく》色の美しい瞳をしっかり見ながら、僕は捲《まく》し立てる。

「僕たち公務員が大きな顔をしていられる理由って『信頼』なんですよ。どんなに心が揺らいだとしても、それだけは絶対にやっちゃいけないんです。だいたい、水曜日の夜に鎧塚さんがここにいるっていうのも、立派な個人情報なんですから。僕がここにくるのだって、どれだけ迷ったか……『約束』がなかったら絶対に来たりしませんでしたよ！」

僕はそこまで一気に言い切って、息が足りなくなって肩を上下させた。僕のただならぬ様子を見て、鎧塚さんがぽかんとした表情になる。

「ごめんなさい」

彼女は眉をハの字にして、申し訳なさそうに目を伏せた。

「でも……その言葉を聞いて安心しました」

そして、彼女はひとりごとのように小さく呟いた。

「……やっぱり、あなたで良かった」

思わぬ方向から球が飛んできた。僕は大きく目を瞬いて、鎧塚さんから顔を背ける。何だか、顔が熱い。

「……少しずつでいいから、私の話、させてくださいね。無理はしませんから」

話題が変わり、僕は慌てて鎧塚さんに向き直って頭を下げた。

「ほんと、すみません……大事な話を途中で遮ったりして」

「大丈夫ですよ。そんなに恐縮しないでください。居た堪れなくなっちゃう」

鎧塚さんの言う通りだ。できれば何か、別の話題を……頭をかきながら視線を彷徨わせていると、彼女の手元に目が留まった。

「ひとつ、聞いてもいいですか？」

「どうぞ」

「鎧塚さんは、寒いのが苦手なんですか？」

彼女の頭上に、ハテナマークが見えるようだった。僕は少しして、説明が足りていなかったことに気づく。

「もう四月なのに、カイロを持っているから」

僕の言葉に、鎧塚さんは手元を見て、楽しそうに笑った。

「癖みたいなものなんですよね。手が冷えると指が動きづらくなって、演奏に支障をきたすから。普通の人よりカイロの使用期間が長いし、秋冬は手袋が手放せない」

「……なるほど、そうだったんですね」

「じゃあ、私からも聞いていいですか？」

「どうぞ」

「そうやって頭をかくの、癖なんですか？」

頭をかいていた手が、独りでに止まる。その様子を見て、鎧塚さんが笑った。

「知らないことばっかりだ、私たち」

そう言って、鎧塚さんは目を細める。

「今は知らないことばっかりって、何だか、すごく楽しみですね」

——もしかしたら、僕たちの関係はいずれ壊れてしまうのかもしれない。だって、『知る』という変化には、常にその可能性がつきまとう。相手のことを知れば知るほど、いろんなことを美化して解釈していたことに気がつくだろうし、お互いに幻滅するようなできごとだって、きっとこの先起きてしまうのだろう。

それでも僕は、彼女のことを、ちゃんと知りたい。少しずつ、知っていきたい。

変わらない関係性なんて存在しない。ならば、関係性が変わっても一緒にいられる方に、僕は賭けたい。この人といい関係でいられるように、努力をしていきたい。

「名前」

「へ？」

考えごとをしていた僕の口から、気の抜けた声が漏れる。鎧塚さんがニコニコしながら、僕の顔を覗き込んでいた。いきなりこういうことをするのは、やめてほしい。風邪でも引いてしまったのではないかと疑いたくなるほどに、顔が熱くてたまらない。

「名前……下の名前。何て言うんですか？　私の中であなたはずっと、『地域交流センターの佐藤さん』だったから」

「あ」

言われてみれば、そうだった。僕たちは今日の今日まで本当に、お互いのことをほとんど知らない状態だったのだ。

「佐藤……昴《すばる》、です。『昴』という字は、日本の『日』の下に、卯年《うどし》の『卯』と書いて、『すばる』と読みます」

「そうなんですね。ちょっと、珍しい名前かも」

「そう……かもしれません」

「まあ、私が欲しいのは苗字の方だから、お名前は何だって構わないんですけど」

「え」

思いがけない返しに、僕は口を僅かに開いて呆けてしまった。鎧塚さんが微笑む。

その笑顔に、ああ、僕は、この人が笑うところを見るのが好きだなあと、改めて思う。

「冗談です」

もう、早速彼女のペースだ。でも、不思議と嫌な気持ちにはならなかった。何なら、『置いていかれる』ことが、心地いいとすら感じていた。

「佐藤、昴……さん」

そう言って『水曜日の君』は僕に微笑む。

僕が大好きなこの笑顔を、これからもたくさん見られますように……僕は、そう願わずにはいられなかった。

「素敵な名前ですね」

第三章　恋の戯《たわむ》れ

Episode 3

どうしてピアノを弾くのか、と尋ねられたら、このクソみたいな世界を生き抜くために必要なことだからです……と答えるだろう。どうして、みんなあんなに楽しそうに生きているのかな。私は、いつもこんなに苦しいのに。

♪

私の心には常に、薄い膜のようなものが張っている。何が起きたとしても、結局はその膜の外側で起きている事象なのだと思うと、全ての物事に対して実感が乏しかった。私は長い間、『生きている』という感覚が切実ではない時間を過ごしてきたのだなと、しみじみ思う。

でも、再びピアノを弾くようになって、心身の奥深くまで、温かい血が通っている感覚を取り戻すことができたのだ。『生きている』という歓びが、確かな手触りでもって感じられる。それは、私にとってかけがえのない価値に違いなかった。

ただ、指を動かす。言葉にしてしまえばそれだけのことなのに、閃光《せんこう》のような一瞬に幾度となく出会う。音楽と自分とが、ピッタリ重なる……そんな瞬間。そういうときはいつも、『指を動かしている』のではなくて、『指が動いている』という感覚に陥《おちい》るのだ。自分の意思で音楽を紡いでいるのに、何かに導かれているような心地がする。ピアノを弾くこと以外では決して得られない、特別な感覚だった。

ピアノを弾いているから、私は酸欠になることなく生きていられる。大袈裟ではなく、そう思う。うっかり口に出そうものなら、きっと、大半の人からは引かれてしまうようなことなのだろうけれど。


楽曲の最後の音を弾き終えても、指が鍵盤を離れ、残響が空間から完全に消え失《う》せるまでは、音楽のためだけの時間だ。『終わり』をきちんと確認してから、私はふ……と温かい息を吐き出す。その瞬間を待っていたかのように、控えめな拍手の音がした。顔を上げると、備品の椅子に浅く腰掛けた昴さんが、穏やかな眼差しでこちらを見ている。彼と目が合った途端、急に恥ずかしくなってしまって、私は咄嗟に鍵盤へと視線を落とした。

「何だか、別の人みたいですよね」

「え」

思いもよらないコメントだった。私は気の抜けた声を出しながら、昴さんを見る。

「ピアノを弾いているときと、そうでないとき。鎧塚さんは、違う人なんだなって思います」

心臓の辺りが、ぐ、と緊張するのを感じた。

「例えですよ。比喩《ひゆ》です」

微妙な感情の揺らぎを感じ取ったのか、昴さんがそう、慌てて付け加える。

「今のは何だか、弾きやすそうでしたね」

「弾きやすそう？」

「はい。その曲、弾きづらそうにしているところがあるなって思っていたんです。でも、今の演奏にはそれがなかったから」

「それ、どこですか」

「ええと」

そう言って、昴さんが椅子から立ち上がった。こちらに近付いてきて、譜面台に置かれている楽譜を覗き込む。

「……どこ、でしょうかね」

「読めないんでしたっけ、楽譜」

「いや……いかんせん音符が多すぎて」

『ピアノソナタ第十七番ニ短調Op.31-2〈テンペスト〉』。私の大好きな、ベートーヴェンの楽曲だ。通称の〈テンペスト〉は、英語で〈嵐〉を意味する。最初から最後まで指が鍵盤の上を駆け回り続けるのに、決して軽やかな曲ではない。連なる音符の圧が、荒々しい雰囲気を醸し出している。

　昴さんと一緒に、紙いっぱいのオタマジャクシを追いかけているうちに、思い当たる節があった。

「……ひょっとして、ここですか」

　そう言いながら、私は曲の一節を弾いてみせる。

「そうそう、そこです。よくわかりましたね」

「ここ、確かに違和感があったんです。これまでは多分、漫然と弾いちゃってたんですけど……この音に重心をかけるようにしたら、何だか整理された感じがして」

　同じフレーズを二回、違う弾き方で演奏した。昴さんが深く頷く。

「確かに、二回目の方がしっくりきます」

　そこまで言ったところで、昴さんがハッとした。

「すみません。僕、門外漢の素人なのに」

　急に慌て出す様子がおかしくて、私は思わず笑ってしまった。

「いいんですよ。ポジティブな感想だし、嬉しいです」

「いや……ほんと、すみません」

　良くも悪くも正直で、でも、その全てに優しさが滲み出ていて……まだ、ほんの少しの時間を一緒に過ごしただけだけれど、今のところ私が彼に抱いている感想は、そんな感じだ。

こんな形で、『私たちの水曜日』が今もなお続いているなんて、数ヶ月前には想像もしていなかった。私が昴さんに『アメリのワルツ』の演奏をプレゼントした、あの日。私たちは連絡先を交換した。初めてきちんと二人で話をした、あの駅の待合室で。すぐ隣に座った昴さんのスマートフォンから、ＱＲコードを読み込ませてもらう。程なくして、私のスマートフォンの画面に『佐藤昴』という文字が表示された。連絡先が増えたのは、一体いつぶりのことだろうか……そんなことを考えている私を前に、昴さんが、少し言いづらそうに口を開く。

「これからも、変わらないんですか」

顔を上げた私に、昴さんが続ける。

「音楽練習室での、ピアノの練習です。毎週、水曜日の夜の」

「ああ」

なるほど、という思いで、私は返事をする。

「変わらないですよ。毎週水曜日の夜、ここに通ってピアノを弾くつもりです。音楽練習室が空いていれば、ですけど。佐藤さんがいない間も通ってましたし」

昴さんが、やや気まずそうな顔をした。『佐藤さんがいない間』という文言に引っ掛かりを感じたのかもしれない。

「ご相談があるんですが」

昴さんが、意を決したようにこちらを見る。

「一緒に通っていいですか、僕も」

「え」

思いもよらぬ提案だった。

「……なんで、ですか」

「僕、初めてだったんです。鎧塚さんの演奏を、ちゃんと聴いたの。それで……もっと、聴いてみたいなと思いました」

私は、ゆっくり、慎重に目を瞬いた。感情の水面がぐらぐらと揺れて、昴さんの言葉を上手く受け止められない。油断すると、何かが溢れ出してしまいそうだった。

「あの……人がいると集中できないとかだったら、無理しないでほしいですし……あくまでもし良ければ、ということなんですが」

「コンサートじゃないし、ちゃんとした曲ばかりを弾いているわけじゃないですよ。基礎練習だけで終わる日もあるでしょうし、曲を練習しているときだって、つっかえたら何度も同じ箇所をやり直したりします。いいんですか、それでも」

「飽きたり、嫌になったりしたら、やめます。でも、それまでは。もしよければ」

少し焦っている様子の昴さんを見ていたら、何だかおかしくなってきた。彼の優しさはいつもこんな風に、回りくどい。でも、そういうところも込みで彼が好きなのだなあと、改めて思う。

「それは」

私は軽く鼻を啜《すす》りながら、昴さんの顔を覗き込んだ。

「私の演奏を気に入ってくれた……ということで、いいですか？」

昴さんが、パチパチと目を瞬いた。続けて、消え入りそうな声で呟く。

「そういうこと、です」

じわりとした嬉しさが、胸いっぱいに広がるのを感じた。不思議だった。過去の私には、再びピアノを弾くようになる未来なんて想像できなかったし、ましてや、人に演奏を聴いてもらって、それを好いてもらえるようになるなんて……人生って本当に、どう転ぶのかわからない。

「でも、お仕事の都合とか、大丈夫なんですか？　私はこのまま、水曜日の夜のままだとありがたいですけど」

「基本的には、大丈夫ですよ。地域の行事が入ったりしない限りは」

そう言った昴さんは、現在は異動先の区役所で、地域振興課の職員をしていることを教えてくれた。

「町内会の会議とか、お祭りとか。そういうのがあると夜も仕事だったりしますけど。たまに、ですからね」

「そういうものですか」

「はい。鎧塚さんは、やっぱり水曜日の夜がいいんですか？　『ノー残業デー』でしたっけ？　そうおっしゃってましたよね」

「うーん」

色々な思いが、頭を巡る。そして、やはり……と確信した。

「そうなんです。私には、やっぱり水曜日がいいんですよ」


そういうわけで、『私たちの水曜日』は、再びスタートを切り直したのだった。駅で一緒になり、二人でセンターを訪れる日もあれば、各々《おのおの》がそれぞれの時間に来館することもある。お互いを縛る約束としてではなく、緩やかな主体性によって続いている『待ち合わせ』が、心地よかった。

私がピアノを弾いている間、昴さんは備品の椅子に静かに腰掛けている。初めこそ、私の演奏を真摯な眼差しで聴いていたけれど、この頃は本を持ち込んで、読書して過ごすことも多くなった。かといって、蔑《ないがし》ろにされているとは感じない。むしろ、リラックスしながら演奏を楽しんでくれている雰囲気が伝わってくるから、私も穏やかな気持ちでピアノに向かうことができた。

人前で弾くのは久しぶりだから、最初はそれなりに緊張していたと思う。でも、不思議なもので、回数をこなすうちに少しずつ、張り詰めていた糸が緩んでいくような感覚があった。人間って、意外と図太いものなんだなと感心してしまう。

けれど、きっとそれだけじゃない。相手が昴さんだったから大丈夫になったのだと、しみじみ思う。


「……やっぱり、すごいですね。本当に」

昴さんの声で、私はハッとする。少しの間、過去に意識を飛ばしていたらしい。

「すごいって、何がですか？」

「鎧塚さんの演奏に決まってるじゃないですか」

どうしてそんなことを聞くのだろう、という顔をして、昴さんが答える。

「……すごい、ですかね。もう、何度も聴いているじゃないですか」

「何度も聴いているから、余計にそう思うんじゃないですか。これだけの数の音符と指示を、ピアノを通して余す所なく表現するなんて、普通に生きていたらできないことですから」

そう言いながら、昴さんが遠慮がちにピアノに触れた。

「羨ましいです。少しだけ」

私の心のアンテナが、何かをキャッチした感覚に騒めくのを感じた。

「……あの、昴さん」

「はい」

小さく息を吐き出し、勇気を出してそのひと言を口にする。

「弾きませんか？　昴さんも。ピアノ」

私がそう言ってから、たっぷり五秒くらい、無音の時間が続いたと思う。

「……はい？」

鳩が豆鉄砲を食ったよう、という表現がある。このときの昴さんの顔は、そのお手本のような表情だったに違いない。

「連弾、っていうやり方があるんです。一台のピアノに二人で横並びに座って、一緒に弾くんですけど」

昴さんが、身体の前で両手をブンブンと振り始めた。

「ちょっと待ってください、何言ってるんですか。弾けませんよ、僕」

「私のように弾け、っていう話じゃないですよ」

と言ったところで、我ながら随分と自分を高く見積もっていることに気がついて、思わず笑ってしまいそうになった。肯定してくれる人が側にいるせいか、この頃、自分に結構な自信が備わってきたような気がする。

「例えば、そうだな……幼稚園生くらいの子と、ピアノの先生とが一緒に弾くようなイメージを持ってもらえればいいと思います。子供が弾く方は片手だけ、和音とかもないシンプルなメロディで。先生が弾く譜面は音符がいっぱいあって……いわゆる、伴奏ですね。それなら、トータルではすごく立派な演奏になるじゃないですか」

「いや、そういう問題じゃないですし」

「そういう問題ですよ。難易度の話でしょう？　昴さんもここで弾いたらいいじゃないですか。毎週練習すれば、すぐにできるようになりますよ」

そう言って胸を張った私に、困り眉の昴さんが力なく応じる。

「いや、それは鎧塚さんが『弾ける』人だからそう思うだけですって」

これは、埒《らち》が明かないやり取りかもしれない。そう思った私は、もう一押しの勇気を出してみることに決めた。

「だったら、もうここに来るのはやめます」

私の言葉に、昴さんは目を大きく見開いた。私は、少しもったいぶりながら音楽練習室を見回す。

「残念だなあ……気に入ってたのに、ここ」

それまで半ば呆れたような反応を見せていた昴さんの顔が、みるみるうちに動揺の色へと染まっていく。私は気を落としたような顔をしながらも、心ではニヤニヤしていた。本当に、私は性格が悪い。でも、今の自分は割と嫌いじゃない。

「……楽譜を、見てから考えます」

「やってくれるんですか⁉」

「ほ、保留です、保留！　まだ、やるって決めたわけじゃないですから」

そう言いながら、昴さんはくるりと回れ右をして、座っていた椅子の方向へと帰っていった。もう、これは成功と言っていいだろう。私は、心の中でガッツポーズする。

昴さんはその後、私の練習が終わるまで、ピアノに近付こうとはしなかった。ようやく慣れてきた猫にそっぽを向かれてしまったような気持ちになったけれど、並んで一緒にピアノを弾ける未来が待っているかもしれないと思うと、今はそれでも構わないような気がした。


♪

いつものように持ち時間をいっぱいまで使い切って、私と昴さんは地域交流センターを後にした。建物を出た途端、むわっとした空気に包まれた。カラリとした風が心地よい季節は、いつも一瞬で去っていく。梅雨《つゆ》が近づいていることを、嫌でも実感せざるを得なかった。

本来ならこの季節は、癖毛持ちの私にとって天敵に等しいシーズンだった。でも今日に限っては何だか、足取りがものすごく軽い。連弾用の楽譜、どうやって探そうかな。耳馴染《みみなじ》みのいいポップスや映画音楽を題材にして、自分で譜面を書いてもいいな
……

「鎧塚さん」

アレコレと妄想を膨らませる私に、昴さんが声を掛けた。

「やる気になってくれました？　連弾」

「だから、それは保留です」

こんな言葉を返されても、怒ったようには聞こえないのが不思議だ。気を取り直すように、昴さんが小さく息を吐く。

「……どこか、行きませんか。今度、都合が合うお休みの日に」

思いもよらない提案だった。昴さんが、気まずそうに頭をかく。

「何だかんだ、こうして毎週会えているので。言い出しにくかったんですけど」

「行きます！」

昴さんが言い終わるのを待たずに、私はそう返していた。

「そっか、何で気づかなかったんだろう……別に、ここ以外で会ったっていいんです

よね」

毎週水曜日に昴さんに会えるのが、嬉しかった。いいピアノで思う存分演奏ができるだけでも十分幸せだったのに、嬉しいことがまたひとつ増えたのだ。かつての自分を振り返ると、現在の自分があまりにも幸せに思えたから、更に何かを望むことなんて思いつきもしなかった。でも、冷静になって考えてみると、水曜日以外の日に会うという選択肢を思い浮かべもしなかった自分が、だいぶマヌケで恥ずかしい。

「よかった」

昴さんがホッとしたような表情をするので、尚のこと申し訳なくなってしまう。

「すみません……よそでは会いたくないとか、そういうつもりはまるでなくて」

「そんな風に心配をしたことは、ないですよ。ただ、そういう発想はないんだろうなって思っていただけで」

ド直球にそう言われてしまうと、いよいよ気まずい。何とかして話題を変えたい。

「昴さん、どこか行きたいところがあるんですか？」

「いや、特にそういうわけではないんですけど」

「じゃあ、私の方で行きたい場所を探して、後ほどご提案しても？」

「わかりました」

「じゃあ、検討して後でメッセージしますね」

「お願いします」

あ……と思って、私は思わず立ち止まる。

「昴さん、次はちゃんと返してくださいね、メッセージ。既読スルーはダメですよ」

私がそう言うと、昴さんは申し訳なさそうに頭を掻いた。

「すみません。ああいうの、何をどう書いたらいいものか、わからなくて……そういうときは、スタンプ？　とかいうのを使えばいいんですよね」

そう言ってぎこちなく頷く昴さんの姿は、今時のアラサーだとはとても思えない。年端もいかない子供のようでもあるし、年季の入ったおじいさんのようでもある。

「そもそも、既読スルーでＯＫだって思っちゃうのが不思議ですよ」

「便利な機能だなあ……と思ったんですけどね。『既読』という表示が出ることで、相手がもう読んでるんだって把握できるなら、話題によってはやり取りの手間を一つ減らせるじゃないですか」

手間、という言葉の響きに、微妙に傷付いてしまう自分がいる。他愛のないことでも、やり取りすること自体が楽しいという発想は、昴さんにはないんだろうか。

それに、早々に下の名前で呼ぶことを許可してもらった自分とは違って、昴さんは未だに私のことを『鎧塚さん』と呼ぶのだ。

まあ、どちらも昴さんのキャラクターを踏まえて考えれば、そんなにおかしくないことのような気もする。それに、今しがた彼は、私をデートに誘ってくれたのだ。いくら何でも、気のない相手に対してそんなことはしないだろう。それでもう、良いじゃないか……

そんな感じで、さまざまな想いが浮かんでは消え、浮かんでは消え……ということが、私の頭の中では繰り返されている。昴さんと一緒に過ごすようになってから、喜びと同じくらい、モヤモヤを抱えることも増えた。

人とお付き合いするって、こんな感じ？　そんな風に問いたくても、答えてくれるような相手は私にはいない。喜びとモヤモヤとがマーブル状になって、心の水面に揺蕩い続けていた。

♪

「……はー」

気の抜けた声を出しながら、私はベッドに腰掛ける。お風呂上がりのほかほかした身体が遅れてきた疲れを伴って、マットレスにどこまでも沈み込んでいってしまいそうだった。すっかり重たくなった腕を何とか持ち上げ、じっとり濡れた長い髪をタオルで拭《ぬぐ》っていく。

ベッドのすぐ前には、電子ピアノが鎮座していた。欲張って、フルサイズ……鍵盤が八十八もあるピアノを買ったものだから、決して広いとは言えないワンルームを思い切り圧迫している。けれど、これが『私だけの城』の偽らざる姿。狭苦しいこの場所に座っているときだけは、私は心から寛《くつろ》ぐことができるのだ。

――いつかここに昴さんが来ることも、あるのだろうか。

髪からタオルへと水気が移るのを感じながら、ぼんやりとそんなこと思う。昴さん、モノの少ないすっきりとした部屋に住んでいそうだなあ。モノだらけでギュウギュウなこの家を見た途端、びっくりして棒立ちになっちゃったりして……その光景を想像すると、何だかおかしかった。

今度、どんな部屋に住んでいるのか、聞いてみようかな。

ピアノ椅子に鏡を置き、目の粗いクシで髪を梳《と》かしていく。明るいオリーブ色の瞳が、鏡越しに私を見つめ返している。トリートメントを手にたっぷりと出した瞬間、視界の隅にあったスマートフォンが淡く光った。

やっと来た！　という思いと、なんで今⁉　という思いとが、同時に現れる。顔をグッとしかめて悩んだ末に、とりあえずトリートメントを髪につけることにした。雑に塗ったりしたら、もったいない。ヘアケアは私にとって、数少ない『お金をかけると決めているポイント』なのだから。

トリートメントを髪の細部まで行き渡らせ、手をタオルで拭ってから、私はスマートフォンを手に取った。本当のことを言うと、髪のために一刻も早くドライヤーを起動したかったけれど、どんな返事がきたのかを知りたい気持ちが勝ってしまった。

メッセージアプリのトーク画面を開くと、お風呂に入る前、自分が昴さんへ送ったメッセージが表示された。

『こんばんは。色々考えたんですが、水族館に行ってみたいんです。いかがですか』

そのすぐ下が、今しがた届いた昴さんからの返事だ。

『了解です』

私はしばらく押し黙った後、声を絞り出した。

「……それだけ？」

私は、ベッドにうつ伏せに飛び込んだ。ああ、ドライヤーをかけないと泣きを見るのは明日の私なのに、すっかりやる気が失せてしまった。もう、何もしたくない。

どこの水族館がいいですか、とか、いつにしましょう、とか。ランチはどこで食べますか、とか！　そういうの、ないのかな……ないんだろうなあ。っていうかそもそも、『了解です』って何よ。業務連絡？

不貞腐《ふてくさ》れながらも、時間差で新たなメッセージが来ないだろうかと、未練がましくトーク画面を眺める。そのとき、スマートフォンがいきなりぶるぶると震え出した。

慌てて取り落としそうになったスマホの画面を見ると、『佐藤昴』と表示されている。それが、電話がかかってきていることを示すサインだと気づくのに、少し時間がかかってしまった。

「もしもし⁉」

『わっ』

電話越しでしか聞くことがない、独特のくぐもった音。慌てる昴さんの声と、ガシャガシャとした雑音が耳に飛び込んできて、私は思わずスマホを耳から離してしまった。そのまま、スマホのマイクに向かって話しかける。

「えっと、昴さん？　鎧塚ですけど」

『知ってます。すみません、何故だかわからないんですが、電話がかかってしまったみたいで』

おじいちゃんか！　と突っ込みたくなるのを、すんでのところで我慢する。

「ひょっとして、メッセージの画面で、受話器みたいな形のアイコンに触りませんでした？」

『……触った？　かもしれないです。あああ、すみません』

「今はフリーにしていましたから、大丈夫ですよ」

「えっ」

大丈夫、と言うのは嘘だ。『電話、かけようと思ってくれたんだ！』と喜ぶ気持ちが、しゅーっと音を立ててしぼんでいくところだったから、全然大丈夫じゃなかった。『何か、追加でメッセージを送りたいなと考えていたんです。でも、さっき送った『了解です』も、結局、送るのに三十分近く悩んでしまったので、続く言葉がなかなか出てこなくて』

「え」

私は、咄嗟にスマホを耳から離して、時刻を確認した。私がお風呂に入ったのが、ちょうど三十分くらい前のことだ。私がのほほんと湯に浸かってる間、昴さんはメッセージアプリの前で、悶々《もんもん》と考えごとをしていたというのか。

……ほだされたくないのにな。こんな、些細なことで。

『どこの水族館がいいんだろう、とか、具体的にはいつだったら行けそうなんだろう、とか。お昼ご飯を食べたい場所とかもひょっとしたら考えてるのかな、とか……でも、一気に色々と質問されても困ってしまうだろうと思って』

昴さんの困ったような声を聞いているうちに、私は目を閉じていた。ずっと、この優しい声に耳を傾けていたかった。ふう、とひとつ息を吐き出す。

「聞いてくれていいんですよ、そのくらい。大体、矢継ぎ早には聞かないでしょう、昴さんの性格的に」

『……テキストって、難しくないですか？　僕、仕事のメールもよく注意されるんですよ。文面がいちいち冷たいとか、何か、責め立てられているように感じるとか』

「あー……」

確かに、会って話すのとメールでやり取りするのとだと、随分温度差があるんだな……と感じる人は、存在する。具体的な顔がいくつか、脳裏に浮かんだ。

『だから、自分のスマートフォンでは、できるだけメッセージ機能を使わないようにしていたんです。わざわざ連絡を取るような相手も、家族くらいしかいませんでしたから。でも、鎧塚さんと連絡先を交換したわけだし、いい加減慣れた方がいいのかなと思って』

「……ひょっとして、スマホにしたの最近ですか？　ずっとガラケーだったとか」

『なんでわかるんですか』

筋金入りの天然記念物っぷりに、思わず、目を閉じてこめかみを手で押さえてしまった。嘘を吐いている様子はないし、『まあ、昴さんだしな』と受け入れてしまう自分もいる。

片方の手で通話を続けながら、こめかみを押さえていた方の手で仕事用のトートバッグを乱暴に探る。手帳とペンをベッドの上に出して、昴さんに声を掛けた。

「昴さん」

『はい』

「これから、メモを取ります。だから、昴さんが私に聞きたかったこと、全部話してください」

電話の向こうで、微かに息を呑む気配がした。顔が見えないのがもどかしかったけれど、多分、嫌な流れにはなっていないような気がする。わかるのだ、音で。人間が発する音は、声だけじゃない。そしてそれらは時に、声よりもよほど雄弁だ。

『どこの水族館がいいのか、都合がいいのはいつか。食事も含めて、水族館以外にどこか行きたいところがあるのか……そんなところでしょうか』

ゆったりとした声を聞きながら、ひとつひとつメモを取る。

「一つ目ですけど、県内にある海沿いの水族館に行ってみたいんです。せっかくだし、少し遠出してもいいかなって」

『いいですね』

「じゃあ、一つ目はクリアですね。二つ目ですが、今週の日曜日は空いています。昴さんのご都合はいかがですか？」

『大丈夫です』

「二つ目もクリア……と。三つ目は、まだ何も考えてないです。ただ、食べ物を持ち込んで中で食べても構わないみたいなので、お昼ご飯はそういう風にしたらどうかと」

『えっ』

引かれたかな。初めてのデートで手作り弁当って、やっぱり重いだろうか。そんな不安を振り切るように、私は言葉を続けた。

「私が用意します。嫌いなものとか、アレルギーとかないですか？」

『特にないですけど……いいんですか？　大変じゃないですか』

「大変じゃないです。好きで、私のやりたいことなので」

ドキドキしながらも、言葉に力を込める。

『そうなんですね。それじゃ、お願いします』

ホッとした。よかった。そして同時に、やはり……と思う。

「……いいんじゃないですか、これで。私たち」

『これ、とは？』

「お互い、何か話したいときは、電話をしたい旨をメッセージするんです。もし大丈夫だったら、こうして直接話せばいい」

『メッセージじゃなくていいんですか？』

「私はメッセージでいいんですけど、得意じゃないことを無理してやる必要、なくないですか？　それに……声を聞くと、落ち着くので」

『落ち着く』

真面目に繰り返さないでほしい。恥ずかしいから。

「はい。声から、昴さんの話している姿を、イメージできるから。その……たとえ言葉が足りていなかったとしても、ちゃんと頭の中で補えるというか」

『そういうものですか』

「そういうもの……だと、思います」

電話の向こうから、安堵《あんど》したらしい気配が伝わってきた。

『ありがとうございます、鎧塚さん』

その後、具体的な待ち合わせの日時を決めて、電話を切った。ふーっと長いため息を吐いたタイミングで、髪が生乾きになってしまっていることに気づく。今から乾して、上手にストレートにできるだろうか……重たい気持ちを引きずるようにドライヤーに手をかけたとき、スマートフォンが淡く光った。

昴さんからだった。メッセージアプリに初めからインストールされているクマのスタンプが、画面上で身体を九十度に折って深々とお辞儀している。

「……何だ、できるじゃん」

画面上のクマの頭を、指でそっと撫でる。そんなことをしたところで、昴さんに何かが伝わるわけでもないのに、何故だか無性に、そうしたかった。

お気に入りのペンギンのスタンプを、昴さんに送る。喜んでいる気持ちが、画面越しにでも伝わりますようにと、願いながら。

そのまま画面を見つめていると、ピコン、と別の通知が上の方に現れた。

『How are you doing? I'm always thinking of you.』

部屋の温度が、一気に五度くらいは下がったような気がした。ああ……返事。返事、しなくちゃダメだよな……そう思いながらスマホに指を近づけても、見えない何かに囚われてしまったかのように、指がまるで動かない。一旦返信を諦めることにして、私はスマホを放り出した。ベッドに頭から倒れ込み、強制的に視界をオフにする。

「……疲れた」

重いドライヤーを持ち上げる気力が、今度こそ完全に失せてしまった。

第四章 愛の夢を見ていた

Episode 4

♪

心待ちにしていた日曜日は、どんよりとした曇天だった。低い雲が所狭しとばかりに空を覆っていて、見上げるだけで気圧《けお》されてしまいそうだ。おまけに時折、風がびゅうびゅうと音を立てて鳴っているのである。これでもし雨でも降っていようものならば、荒天と言っていいようなお天気だっただろう。

私は水族館の最寄り駅で、待ち人を探していた。竜宮城にでも迷い込んだのかな……と疑いたくなるようなファンタジックな駅舎の片隅で、改札口から人が次々と溢れ出てくるのを、ぼんやりと眺めながら。

昴さんは、近くまで自分の車で来ると言っていた。コインパーキングを探して車を停めた後、ここへ来てくれるらしい。

それにしても、風が強い。下ろした髪は手で押さえていないと、あっという間に舞い上がって視界を遮ってしまう。括《くく》ってくるべきだったんだろうか。服をスカートにしたのも、失敗だったな。白いシフォンブラウスに、ネイビーのデニムジャンパースカート。大好きな組み合わせなのに、テンションがちっとも上がらない。強い風が吹く度に髪型とスカートの裾を気にしなくてはならないのが、地味にストレスだった。

風が収まったタイミングで顔を上げると、人波の中に見知った顔があった。きょろきょろと左右に視線を彷徨わせながら、何かを探している。その姿を見て、思いがけず胸がギュッとなった。あの人が探しているのは私なんだと思ったら、嬉しかった。先程まで心を覆っていた憂鬱な気持ちが、すうっと晴れていく。

「昴さん」

小さく手を掲げてそう呟くと、昴さんがパッとこちらを見た。そんなに大きな声を出したわけではなかったから、すぐに気づいてもらえたことに動揺してしまう。掲げた手をぎこちなく振ると、ホッとした様子の昴さんがこちらへ近付いてきた。

白いモックネックシャツの上に、ゆったりとしたモスグリーンのカーディガンを羽織っている。ベージュのチノパンに、白いスニーカー。肩から掛けている生成色のトートバッグは、帆布だろうか。絶妙にオシャレな気がする。街に馴染むオーソドックスなファッションだけれど、何だろう。何か……こう言ってしまうとアレなのだけれど、正直、意外だった。清潔感のある人ではあるけれど、ファッションに気を遣うほどの人だとは思っていなかったから。

「お待たせしました」

「いえ。駐車場、すぐに見つかりました？」

「はい。当たりをつけていたところがちょうど空いていたので、よかったです」

そこまで話したところで、不意に会話が途切れた。耳の中が、雑踏の騒めきで満ちていく。しみじみとした様子の昂さんが、再び口を開いた。

「何だか、やっぱり不思議ですね。今日が、水曜日じゃないということが」

「曜日だけじゃないですよ。時間帯も、場所も……服装だってそうじゃないですか。昂さん、お休みの日はそんな感じなんですね」

私がそう言ったきり、昂さんは口を噤んでしまった。私から視線を外したかと思ったら、左手でシャツの首元を窮屈そうに触っている。おや……と思ったものの、今は言及しないことにした。

「とりあえず、行きましょうか。水族館、ここから歩いてすぐみたいですよ」

そう言いながら、私は行き先の方角を指し示した。


♪

下調べの通り、駅から水族館までは十分もかからなかった。海沿いの大きな道を、昂さんと横並びで歩いていく。時折、海から強い風がぶわあっと吹いてきて、潮の匂いを運んできた。もっとも、私はスカートの裾《すそ》や舞い上がる髪を押さえるのに必死で、海らしい雰囲気を優雅に楽しむ余裕などなかったのだけれど。

　水族館の入口に着くと、そこそこ長い列ができていた。親子連れ、カップル、友人同士……それぞれがどんな関係性なのかは確かめようもないけれど、いかにも休日の観光施設といった雰囲気である。五分ほど待ったタイミングで、私たちの順番がやってきた。事前に購入していたペアの電子チケットを提示し、水族館へと入る。

　人の流れに従って建物の奥へと進んでいくと、急に視界が開けた。天井から床まで張られた大きなガラスが、壁いっぱいに並んでいる。

「すごい」

　私は思わず、窓の方へと駆け寄った。見渡す限りの大海原、空を覆う分厚い雲の群れ。風が強いからか、遠くの方にまで白波がたくさん立っている。

「水族館からもこんな風に、海全体を見られるんですね。展望台みたい。知らなかった」

「道中は風が強すぎて、ゆっくり海を見るどころではなかったですもんね」

　横に並んだ昴さんの声も、心なしか弾んでいるように聞こえる。

　海に向かって左手には、徒歩で渡れる小さな島がある。てっぺんにちょこんと立つ灯台が可愛らしい観光スポットだ。右手にそびえ立つはずの富士山や、海の向こうの島々は、雲の中に隠れてしまっているようだった。

「残念。今日みたいな日はもう、『心の目』で見るしかないですね」

そう言いながら昴さんを見ると、その目は遠く、海の彼方《かなた》を見つめていた。

「昴さん？」

ハッとしたようにこちらを見た彼は、無防備な表情をしていた。どこかへ意識を飛ばしていたことがわかってしまって、チクリ、と胸が痛む音がする。

昴さんは、何かに気づいたような表情をした後、ズボンのポケットをガサゴソと探り始めた。取り出したスマホをぎこちなく操作する様を、私は訳もわからず見守る。

すると突然、爆音のピアノ演奏がその場に流れ始めた。周囲の視線が一斉に自分たちに集中する感覚に、私は、息が止まりそうになる。

「すみません」

そう言ってアワアワする昴さんから、私は小さく震える手でスマホを取り上げた。音量を下げるボタンをグッと押し込むと、ピアノの音がデクレッシェンドを描きながら、みるみる小さくなっていく。

――落ち着け。ここに私を知る人がいるわけでもないし、もし万が一そんな人がいたとしても、あのときみたいに『人違いです』って知らん顔していればいいだけの話じゃない。それが通用するくらいのことは、やってきたんだから。大丈夫……

心の揺れが表に出てしまわないように、浅くなった呼吸をゆっくりと整えた。ニッコリと笑顔を作って、昴さんにスマホを返す。

「……これ、『黒鍵のエチュード』ですよね？　ひょっとして、この間オススメしたアルバムですか？」

「はい。このアルバム、激しい曲が多いですよね。心臓が止まりそうでした」

それはこっちのセリフ！　と言いかけて、すんでのところでグッと飲み込む。

「まあ……ショパンの練習曲ばかりを集めたアルバムなので。何だか、ごめんなさい」

「いえ、こちらこそ、すみません。これで音楽を聴くのに、まだ慣れなくて」

そう言いながら、昴さんは手の中にある自分のスマホを恨めしげに見つめた。その仕草がおかしくて、私は苦笑してしまう。

「ホント苦手ですよね、スマホ。車好きの人ってそういう、機械系？　は得意なんじゃないのかなって思ってたんですけど」

「僕は運転するのが好きなだけなので、メカ的なところはそんなに詳しくないんですよ。最近は、駐車するときに便利なモニターとか、ボタンを押すだけで速度管理ができるシステムとか、色々と機能がついている車も多いんですけど……何と言うか、気持ち悪いんです」

「気持ち悪い？」

「多分、自分で制御できているって感覚が欲しいんですよ。便利だからこそついているのであって、それで助かる人がたくさんいるんだってことは、わかります。でも、自分の与《あずか》り知らないところで物事が動いている気がして、怖いんでしょうね。僕の場合は」

そこまで言うと、昴さんは突然、話すのを止めた。

「昴さん？」

「……僕たち、まだ全然魚を見ていませんね。せっかく水族館に来たのに」

まだ水族館に来てからそんなに時間は経っていないし、魚だけを見に来たわけではない。ここにはアザラシのような海獣や、コツメカワウソだっている。でも、そういう細かいツッコミは野暮なんだろうなということは、何となく察しがついた。

「それじゃ、メインディッシュに向かいますか？」

そう言って、私は歩き出す。昴さんが、私の左横へと自然に並んだ。人混みに配慮したせいだろうか、いつもより彼が近くにいる気がする。手が触れるか触れないかというくらいの、微妙な距離。身体の左半分が、何だかソワソワとして落ち着かなかった。

♪

どうやら私たちは、休日の観光地を少し甘く見ていたらしい。それなりの数の水槽を経た気がするけれど、魚の数と同じくらい、人の頭をたくさん見ている気がする。

「なかなか……じっくりとは見られないですね」

そう言いながら、昴さんが水槽の前で小さく背伸びした。

「何してるんですか」

「どうにか、周りの人の邪魔にならずに、魚をゆっくり見られる方法がないかなって」

「ないですよ、そんなの。第一、背伸びって結構邪魔だと思います」

そう言いながら私は、咄嗟に昴さんのカーディガンを引こうとした。でも、気づいたときには背伸びをやめていたので、行き場のない手を慌てて後ろに隠す。

「確かに、後ろに人がいたら邪魔になっちゃいますよね。何かいい方法はないのかな」

「ないと思います。それに、仮に前に行けたとしても、あまり長くは見られないですよ。他にも待ってる人がいるって思ったら」

昴さんがこちらを見た。不思議そうな顔をしている。

「どうかしたんですか？」

「いや……好きなんじゃないんですか、水族館」

その質問に対し、すぐには返事ができなかった。瞬きをしながら、いくつかの考えが同時に頭の中を巡る。弾《はじ》き出された答えが、自然と口からこぼれた。

「……別に？」

昴さんが、微かに目を丸くした。

「そうなんですか？」

「まあ……あえて好き嫌いで分類するなら、好きだとは思いますけど」

「水族館がいいとおっしゃっていたので、てっきり、お好きなんだと」

そうなんです、デートに行くなら水族館がいいって昔からずっと思ってたんです、
何なら下調べだって結構してきたものだからそこそこ詳しくなっちゃったんですよね
……そんな本音たちは、周りの人混みに気圧されるような形でシューっと小さくしぼんでいった。ひっきりなしに周囲を飛び交う、弾んだ声たち。この雰囲気に水を差すようなことは、口にしづらかった。

「んー……何か、ちょうどいいかなと思って。デートの定番って、映画とか、美術館とか、色々あるじゃないですか。でも、全く話せないのは嫌だし。水族館なら、適度に話せて場も持ちそうじゃないですか」

あまりにも、真っ赤な嘘。でも、当たり障りのない作り話をペラペラと喋《しゃべ》れるのは、私の得意技なのだ。当然、人に誇れるような特技ではない。

「……なるほど」

「普段来ない場所だし、雰囲気だけでも割と楽しんでますよ。デートってしたことないですけど、こんな感じなんですね」

「それは、僕も思っていました。こんな感じなんですね、デート？　って」

昴さんは恐らく、いつだって偽らざる言葉を言ってくれている。それなのに、彼の前でも嘘混じりの言葉をスルスルと吐いてしまえる自分が、恥ずかしかった。

「ほら。次、行きましょう」

そうやって先を促す以外に、できることが見つからなかった。


♪


薄暗い水族館の中で、一際明るい場所があった。床から垂直に立ち上がったガラスが、天井を包むように湾曲しており、光がたっぷりと降り注いでいる。どんなに人が多くても、天井へ向かう視線を遮れるような体格の人は流石に存在しない。人混みを避けるように壁にもたれかかり、二人で光の差す方を眺めた。大きなエイが悠々と視界を横切る様を、私は静かに興奮しながら見守る。

すごい、かっこいい。

「……何だか、怖いですね」

主語がないコメントに、私は視線で続きを促した。昴さんは水槽を見上げ続けている。水面の揺れを孕《はら》んだ碧《あお》い光が、昴さんの横顔の上で揺れていた。綺麗だった。

「小さいエイは可愛いですけど、大きなエイって怖くないですか?」

「サイズの問題?」

「サイズの問題でしょうね。もし襲われたら、呆気なくやられてしまう気がします」

「小さいエイなら、昴さんは勝てるんですか」

「……どうだろう。ダメかもしれません」

エイと戦うって、一体どういうシチュエーションなんだろう。変なの……でも、こんな風に思いもよらない感想に触れられるのは、他人と一緒にいる醍醐味《だいごみ》なのかもしれない。同じものを見ていても、抱く気持ちは人それぞれなのだと実感する。水中でエイと懸命に格闘する昴さんの姿を想像したら、何だかおかしかった。

不意に、人並みが途切れた。私は水槽に歩み寄り、スマホのカメラを起動する。分厚いガラスにくっつけるようにしてスマホを当てて、カシャ、カシャと次々にシャッターを切った。

「そんなに近づけて撮るんですか?」

後ろから付いてきた昴さんが、少し驚いたような声で言う。私は心に湧き上がるドヤ感を必死で抑えながら、努めて穏やかな調子になるように口を開く。

「こうすると、ガラスの写り込みを防げるんですよ。ほら」

……と、水族館について下調べしているときに知ったから、現地でやってみようと思っていたのだ。私は水槽からカメラを離してもう一枚写真を撮り、先ほど撮影したものと一緒に昴さんに見せる。

「結構、違うものですね。ガラスにスマートフォンを近付けて撮った方は、海の中の写真みたいだ」

「フラッシュは絶対NGですけどね。魚が驚いてしまうそうなので」

「なるほど」

そんな風に素直に感心したように言われてしまうと、ちょっと気まずいんだけどな。聞き齧《かじ》ったことを、さも元から知っていたかのように話しただけなのに。

「昴さんは撮らないんですか？　写真」

「上手く撮れると思います？　僕に」

咄嗟に答えに詰まってしまった。態度は、言葉ほどには簡単に嘘をつけない。

「……思わない、かも。ごめんなさい」

「謝ることないですよ。事実ですから」

「スマホカメラも機械のひとつだなって思ったら、そうなのかなって……普段から全然撮らないいんですか？」

「画像情報として必要であれば、撮るくらいですかね。家電の説明書とか、撮っておくとすぐに見られるので。あれは、さすがの僕でも便利だなと思います」

「じゃあ……写真フォルダを拝見しても？」

「どうぞ」

私の言葉に、昴さんが躊躇《ちゅうちょ》なく自分のスマホを差し出した。

「冗談ですよ、冗談！　わかるでしょ？」

私は慌てて、スマホを昴さんの方へと押し返す。

「別に、構わないですよ。人に見せられないものとか、ないですし」

「そういう問題じゃなくて」

動揺のすぐ後に、大きな波となって押し寄せてきたのは、羨望だった。この人はこういうことに対して後ろめたいことが、ひとつもないんだな。どうやって生きてきたらそんな風になれるんだろう。隠したいことだらけでできている私には、想像がつかない。

改めて思う。私と昴さんは、全く違う人生を歩んできたのだと。私と昴さんには同じ光が降り注いでいるはずなのに、彼の輪郭だけが淡く輝いているように見えた。健《すこ》やかさはとても眩《まぶ》しいもので、時にそれは暴力にもなり得る。

「あ。もちろん、私のも見せられないですからね」

「大丈夫です。見たいとは思っていないので」

　思わず、昴さんのことを軽く睨んでしまう。

「興味がないってことですよね、それ」

「人のプライバシーを進んで覗きたいとは思わないですよ」

　昴さんは意に介していない様子で、呆れたように答える。

「そりゃあ、そうだ。まあ、実のところ私もあんまり写真は撮らないんですけどね」

　と言いながら、何となく自分のカメラフォルダを遡《さかのぼ》る。撮影したばかりのエイの写真を除いて、ほぼ全てが食べ物の写真だ。人を撮ったものは見当たらない。撮る人もいなければ撮ってくれる人もいないし、今流行《はや》りの『推し』みたいなものもいない。何気なくザザッと流し見ていると、あっという間にフォルダの先頭に辿り着いた。初めの一枚は、人が写っている唯一の写真だった。

　時間がギュルギュルと巻き戻り、身体ごとその頃へ引き戻されてしまいそうになる。その力に逆らうように、電源ボタンをグッと押し込んだ。画面が暗くなるのを見て、心底ホッとする。

　顔を上げると、昴さんは黙って水槽を眺めていた。目の前の魚を見ているというよりは、もっと遠くの何かを見ているようだった。視線の先を追いかけてみたけれど、それらしきものは見つからない。見ているものがあるのは確かだけれど、彼の意識はここにはないように思えた。

不意に、昴さんと手を繋ぎたいと思った。すぐ隣にあるその手は、温かいのだろうか、それとも冷たいのだろうか。それが知りたかった。いっそ、腕でも組んでしまおうか？　いずれにせよ、彼は拒まない気がする。待っているばかりでは、何も変わらないのだ。叶えたいことがあるなら、自分から動かなきゃ……

——拒まないって、何だよ。

相手の意思を無視した願望。勝手な自分に、ピリッとした嫌悪感が走る。

「そろそろ、次に行きましょうか」

昴さんの声に、ハッとして顔を上げる。いつの間にか私は、彼の手を見つめていたらしい。周りに人が溜まり始めている。後ろの人に順番を譲るような形で、昴さんが自然に水槽を離れた。私もそれに付いていく形で、光射す水槽を後にする。手を伸ばせば届くくらいの距離を保ちながら、私たちは薄暗い館内へと再び、歩みを進めた。


♪

エスカレーターを上がると、一気に周囲が明るくなった。白い壁に大きな窓がたくさんついている、開放的なエリア。館内マップを開いて確認すると、奥の方に海が見渡せる大きなオープンデッキがあるようだ。一息ついているらしい人々の姿が、屋内からでもよく見える。

「サクッとお昼、食べちゃいませんか？」

私は昴さんに、自分のスマホの画面を見せた。時刻はちょうど、十一時半。少し早めのランチには、ちょうどいい時間だ。

「もうそんな時間ですか」

「よく見えないなりに一生懸命見ていたら、あっという間でしたね。風、少しは落ち着いているといいんですけど」

ガラス扉を押し開けて外に出ると、海風が潮の匂いを運んできた。湿気をたっぷり含んでいるはずなのに、不思議と心地よく感じる。

「よかった。これくらいの風なら、ご飯を食べる分には問題なさそうですね」

「はい。でも、トンビが食べ物を狙って飛んでくるみたいですから、注意して食べた方がよさそうです」

そう言いながら、昴さんが柵に貼ってある注意書きを指差した。空を見上げると、結構な数の黒い鳥が、あちこちへと滑空している。カラスかなとも思ったが、よく見ると見慣れない飛び方をしていた。恐らく、あれらがトンビなのだろう。間近で見たら、かなり大きいんだろうな。猛禽類《もうきんるい》！　って感じで、かっこいい。

海に面した横並びのカウンター席が、タイミングよく二つ空いた。ハイチェアに上って座ると、視界いっぱいに鈍色《にびいろ》の海が広がる。

「はー、やっと座れる！」

開放感に導かれるようにして、本音がぽろっと漏れた。

「確かに、座ってみるとわかりますね。それなりに疲れてたんだって」

「普段、人混みなんて来ないですからね。今日はよく眠れそうだ」

そう言って私が大きく伸びをすると、昴さんが微笑んだ。

「こんなに明るいのに、もう夜の話ですか」

何の気なしに口にした言葉だった。昴さんだって、きっと何も考えてない……と思う。わかっているのに少し気まずくなってしまって、私は黙ってトートバッグを探り始めた。包みを二つ取り出して、昴さんに渡す。

「サンドイッチです。どうぞ」

「ありがとうございます」

英字新聞を模したワックスペーパーに、ギュッと中身の詰まった分厚いサンドイッチが包まれている。ローストビーフのサンドイッチと、厚焼き卵のサンドイッチ。昴さんは、前者をまず食べることにしたらしい。レタスの緑、トマトの赤、玉ねぎの紫、ローストビーフの茶。食パンの間から、色とりどりの具材が覗いている。いただきます、と小さな声で昴さんが呟き、ぱくり、とひと口齧った。

「美味しい」

今日イチの一言、いただきました！　……と、頭の中で快哉を叫んだ。そのはしゃぎようが表に出てくることはないけれど、それでも、自然と頬が緩んでいくのを感じた。

「……よかった」

「食べたことのない味がします。鼻がツンとする」

「ああ、それはワサビのソースですね。マヨネーズと合わせると美味しいんですよ。ローストビーフが挟んであるでしょう？　それとよく合うんです」

「へえ」

少し目を丸くした昴さんが、サンドイッチをまじまじと観察する。

「鎧塚さん、詳しいんですね。すごいな」

そりゃあ、自分で作ったんだもん。詳しいに決まってる……というか、『詳しい』って、何？　感想にしては、随分妙な言葉選びのような気がした。

「もう一つのサンドイッチも、楽しみです。後で、お金払いますね。こんなにオシャレな食べ物、あまり食べたことがないのでビックリしました。高かったんじゃないですか」

……は？

「あの……私が作ったんですけど、それ」

朗らかな様子だった昴さんが、一時停止ボタンを押したかのように固まってしまった。両手に持ったサンドイッチと私とを、交互に見比べる。

「えっ⁉」

昴さん、そんな大きな声出せるんだ……と一瞬、感心してしまいそうになった。違う違う、そうじゃない。

「いやいや……作って行くって言いましたよね？　私」

「用意してくれるんだなとは思ってましたけど……てっきり、お目当てのお店があるから、そう言ったのかと」

なるほど。それでは、会話が噛《か》み合わないはずだ。

「ついでだから言っちゃいますけど、パンも自分で作ったやつですよ」

「ええっ⁉」

感情が安定しているタイプの人が驚く様子って、結構おもしろい。レアな場面に立ち会えたせいで、この状況をちょっと楽しんでいる自分がいた。

「食パンって、家で焼けるものなんですか？」

「焼けますよ、普通に」

「……」

絶句、という言葉があまりにもよく似合う光景だった。

「……ひょっとして、さっき見せてくれたスマートフォンの壁紙。あれも鎧塚さんの作った料理だったりするんですか？」

「！」

調子よくポンポンと投げていたら、いきなり背後からデッドボールを食らってしまった。混乱する頭で記憶を辿る……そうだ！　さっき、昴さんに時間を見せるために、スマホの画面を見せたんだった。随分前に作った、ベーグルサンドイッチの写真。

やらかした。昴さんの方を見ると、すぐに視線がぶつかって、ドキッとする。真っ直ぐに私を見る、屈託のない視線。

「そう……です、けど」

咄嗟に嘘をつくことができないまま、私は反射的に昴さんから目を逸らした。うわ、うわ。めちゃくちゃ恥ずかしい。いたたまれなくて、水筒に入れてきたアイスティーをごくごくと飲む。自意識過剰だと思われたら、どうしよう。

「やっぱり。これだけ上手に作れるなら、きちんと記録しておきたいですよね」

昴さんが、納得したようにそう言った。思いがけない言葉に、私は彼の顔をチラッと盗み見る。昴さんはただただ、いつもより少しだけ嬉しそうにしながらサンドイッチを頬張っていた。海風に、髪が柔らかく揺れている。

そうだ、この人はこういう人だった。健やかで、真っ直ぐ。その人のこんな表情を引き出したのが、私の作ったサンドイッチなんだと思ったら、胸がいっぱいになった。

カシャ。

音に、昴さんがパッとこちらを振り向く。スマホを構えている私を見た途端、昴さんが盛大にむせかえった。

「いいじゃないですか。これも思い出ですよ」

心を渦巻く想いとは裏腹に、私はそう、素っ気なく言い放つ。昴さんは何か言いたげな顔をしてこちらを見ていたけど、結局、抗議されるようなことはなかった。ただし……

「撮っていいですか？　僕も」

「え」

「写真が欲しいの、自分だけだと思ったんですか？」

その言葉に、思わず下唇を噛んだ。昴さんがスマホをぎこちなく構える。ああ。心臓の音がうるさい。私は慎重に息を吐き出した後、手を出して彼のスマホを要求した。

「提案があるんですけど」

そう言いながら、スマホを横向きにしてトートバッグに立てかける。私がカメラアプリを操作すると、真面目な顔の昴さんと仏頂面の私が、画面いっぱいに映った。

「……何と言うか。すごい顔ですね」

「本当に。デートに来たカップルとは思えない」

そう口々に感想を漏らした後、私たちはふっと、同じタイミングで笑った。

カシャ。

歯を見せて笑ったりはしない。何なら、どちらかというと真顔に近い。でも、画面に映る二人は、心なしか穏やかな顔をしているように見えた。これはこれで、悪くない。私は、昴さんにスマホを返す。

「その写真、私にも送ってくださいね」

「えっ」

ひどく狼狽えながらスマホと格闘する昴さんを、しばらく見守る。卵のサンドイッチをひと口齧ったら、優しい味のだし巻き卵とパンに塗ったカラシがちょうどよく合わさって、とても美味しかった。昴さんの闘いに横から口を挟みながら、私はもぐもぐとサンドイッチを頬張る。

「昴さんは、どの水槽が一番よかったですか」

どうにかして私に写真を送り終え、ようやく二つ目のサンドイッチに辿り着けた昴さんが、少し考えるような仕草をする。

「うーん……南国の魚がいるエリア、あったじゃないですか。綺麗でしたね、カラフルで。ああ、水族館に来ているんだなあって思いました」

「確かに。カクレクマノミが見られて嬉しかったなあ」

「カクレ……？」

「オレンジ色の小さな魚、覚えてないですか？」

「ああ。あの魚、映画のキャラクターになってたやつですよね」

「はい」

「チンアナゴ？　の水槽を見ていた家族連れ、微笑ましかったですね」

「そうそう！　砂から頭がニョキっと飛び出してくる度に、きゃーって歓声が上がって」

私たちはそれから、たくさんの言葉を交わした。波の音と昴さんの声が交互に聴こえてきて、時に折り重なって。それが、とても心地よかった。空気の読めないトンビが間に割り込んでこなかったら、きっと永遠におしゃべりを続けていただろう……そんな幸せな勘違いをしてしまいそうになるほどに、愛おしい時間だった。


♪

大きな鏡に映る自分を見ながら髪を梳かすと、キシキシとした感触があった。海風ってやっぱり、何か塩のようなものが含まれているのかな。強い風のせいもあるのだろうけど、髪がいつもよりガサガサしていて、クシの通りが悪い。いつもなら、こういうときは苛立ちが止まらないのだけれど、今日は不思議と平気だった。何というか、穏やかな気持ちなのだ。鏡越しに見つめ返してくる琥珀《こはく》色の瞳も、とろんとリラックスした雰囲気を漂わせている。

お手洗いから出ると、昴さんが見当たらなかった。私の方が先に出てきてしまったのだろうか。

手持ち無沙汰になって、目の前にあるソファに腰を下ろす。軽食が食べられるカフェ、ズラリと並ぶガチャガチャに、紙のくじがふわふわと舞うスノードームのような機械。視界のあちこちが賑々しい。

カランカラン！　と鐘が鳴る音がした。くじ引きの機械の横で、スタッフが小さなぬいぐるみを差し出している。小学校低学年くらいだろうか、三つ編み姿の女の子がそれを受け取り、キャッキャと飛び跳ねていた。両親と思《おぼ》しき大人が二人、目を細めてその様子を見守っている。

普通の家族って、ああいう感じなのかな。生まれ変わりでもしない限り、私には知ることのできない感情が、そこにある気がした。でも、生まれ変わっちゃったら、私が私だったことを覚えているのは難しいよな。じゃあ、やっぱり永遠に無理だ……

「お待たせしました」

顔を上げると、昴さんがいつの間にか目の前に立っていた。

「あのくじ引き、すごくないですか」

視線で場所を示すと、昴さんもそちらを見た。

「すごい、とは？」

「ハズレがないんですって。一番下の等でも、キーホルダーくらいの大きさのぬいぐるみが当たるんです。上に行くほどサイズアップしていって、あの、一番大きいのが一等賞。その代わりというか、値段設定は高めですけど」

「なるほど、優しいシステムですね」

事のあらましを聞いて『優しい』という感想が出てくるあたりが、昴さんらしい。

「せっかくだから、引いてみますか？」

「え」

いつも通りの顔をしている昴さんからの、思いもよらない提案だった。

「だって、ハズレはないんでしょう？」

「そう、ですけど……」

「キーホルダーくらいだったら、ちょうどいいんじゃないですか、お土産に」

そう言うと、昴さんはさっさとくじ引きのコーナーへ歩いて行ってしまう。私が慌てて後を追うと、ちょうどスタッフのお姉さんに千円札を渡したところだった。

お土産に、ぬいぐるみ？　いや、それ自体はおかしくないんだけど、何だろう。この、違和感は……年齢！　そう、年齢だ。私たちもう結構いい歳ですよ、昴さん。いや、好きなものに年齢は関係ないんだけど、何と言うか。まあ、大体にしてこういうのは一番下が当たるのが定石だから……いや、だとしてもキーホルダー大のぬいぐるみに千円ってちょっと……

「おめでとうございまぁす！」

お姉さんの明るい声に、カランカランと響く鐘の音。昴さんが目を見開いたまま、真顔で硬直している。一連の流れを見ていた私は、思わず吹き出してしまった。出来の悪いロボットのようにぎこちなく、巨大なぬいぐるみを受け取る。キュートなアザラシの黒々とした瞳が、昴さんをじっと見つめていた。彼がそのまま、くるりと私の方を振り返る。

「当たっちゃいました」

「当たっちゃいましたね」

「どうしましょう」

「どうしましょうか」

目の端を指で拭いながら、そう、オウム返しに答える。笑い過ぎて、お腹が痛い。普段使っていない筋肉が、突然の出番に戸惑っている感覚があった。

「……鎧塚さん。お誕生日はいつですか？」

「九月四日です。残念ながら、結構先ですね」

ぐぬぬ……とでも言いたげな昴さんが、腕の中のアザラシを睨みつける。

先ほどくじを引いていたおさげ髪の女の子が、いつの間にか隣りにいた。口を小さくぽかんと開けながら、大きなアザラシを見上げている。

「よかったら、交換しようか？」

気が緩んでいたせいか、そんな提案が口から滑り出る。女の子は目を瞬いた後、自分が持っているぬいぐるみをじっと見つめた。やがて、こちらを見て首を振る。

「こっちがいい。自分で引いたやつだから」

女の子はそう言い残して、キーホルダーサイズのぬいぐるみを振り回しながら走り去っていった。少し離れた場所にいる両親の元に駆け寄り、父親の両足にしがみつく。母親が彼女の手を取り、父親がその頭を優しく撫でた。シンプルに、いい光景だった。

昴さんも私と同じように、家族連れの方へ顔を向けていた。けれど、その視線は三人の家族を通り越して、その先にある何か別のものを見つめているような気がした。今日、何度目なんだろう。こんな風に、遠い目をする昴さんの姿を見るのは。

「ペンギンの水槽、今なら空《す》いていて見やすそうですよ」

私の声に、ぬいぐるみを抱えたままの昴さんが振り返る。彼は何事もなかったかのように穏やかに、コクリと頷いた。

「じゃあ、続きを回ることにしましょう」


♪


「もしよかったら。車、乗ってみませんか？」

少し緊張した面持ちの昴さんからそう誘われたのは、イルカショーを見終わった夕イミングだった。少し前から、傘を差さなくても気にならない程度の霧雨《きりさめ》が降っている。所有権のゆくえが保留となっていたアザラシは、何だかんだで根負けした私が抱えていた。ショーが終わってふと頭を撫でてみたら、長い毛足がミストのような雨で濡れていた。

水族館を後にした私たちは、昴さんに導かれる形でコインパーキングへと向かった。アザラシのぬいぐるみは、昴さんの腕の中に収まっている。曰《いわ》く、車を降りた後は鎧塚さんが運ぶしかないじゃないですか、ということだった。

程よい疲労感に、全身が包まれていた。昴さんも同じように感じていたのだろうか、私たちは車までの道中で、ほとんど言葉を交わさなかった。やがて、空から大きめの雨粒が、ポタポタッと不規則にこぼれ落ちてくる。

「本格的に降り出しそうですね」

昴さんが、片手を額にやりながらそう呟いた。

「駐車場まで、あとどのくらいですか？」

「もう、すぐそこですよ。間に合ってよかった」

案内された駐車場は、一見するとただの広場のようだった。まだ昼過ぎということもあってか、ほぼ全てのスペースに車が止まっている。

昴さんが、鮮やかなレモンイエローの車の前で立ち止まる。コロンとした小さな車のトランクを開け、アザラシのぬいぐるみをそっと置いた。

「中で待っていてください。精算してきます」

「ありがとうございます」

助手席でいいんだよね……そう思いながら恐る恐るハンドルに手を掛けると、あっさりとドアが開いた。中に乗り込んで扉を閉めると、周囲の音がパタッと止む。代わりに、屋根を打つ雨音だけがトントンと不規則に響き始めた。ああ。車の中って、こんなに外とは違うものなのか。

それにしても。白や黒などの無難なカラーではなくて、一際派手な色の車を使っていることが、意外だった。ギャップが面白いようにも思えたし、単に、らしくないような気もした。ぐるぐると巡る思考の糸を辿っていくと、頭の奥で何かが引っ掛かっているような感覚があった。

……そうだ、駐車料金！　乗せてもらうからには、きちんと割り勘にしたい。窓の外に看板を探すと、赤字で駐車料金が書かれていた。三十という数字の後に、四百という数字が見える。

——ひょっとして、三十分につき四百円……ってこと？

体温が、サーッと音を立てて下がった気がした。待ち合わせの時間から逆算しようと、指をぎこちなく折る。少なくとも三千円は超えている気がした。嘘でしょ、駐車場ってそんなに高いの？

「お待たせしました」

そう言いながら、昴さんが運転席に乗り込んだ。髪に水滴が付いたのか、ふるふると首を振る仕草をする。

「駐車代、半分払います！」

「ああ、気にしないでください」

と言いながら、昴さんがさっさと車を発進させる。

「車に誘ったのは僕ですし、そもそも、自分で出すつもりで来たので」

無理のない、自然な言い方だった。そんな風に言われてしまうと、割り勘になるまで食い下がるんだから……と意気込んでいた気持ちが、急速にしぼんでいってしまう。

「じゃあ……お言葉に甘えます。でも、高いんですね、コインパーキングって。知らなかった」

「免許、持ってらっしゃらないんでしたっけ」

「はい」

「じゃあ、わからないのも無理ないですよ。ただ、この辺だとどこに停めてもこのくらいはかかりますね。ここが特別高いわけではないです。上限があるのが、ありがたいくらいで。それに、お昼ご飯は鎧塚さんが用意してくださったんですから……」

昴さんが口にした言葉たちが、途中からぼやぼやと滲んで頭の中に溶けていってしまう。一切の力みがない素直な言葉たちに、過剰に気にしているこちらの方が変なのかな？　と思ってしまって、私はそのまま黙り込むしかなかった。

免許を取るのも、車を買うのも。買った後のメンテナンスだって必要だろう。お金のかかる趣味……そう、昴さんはかつて言っていたけれど、私が想像している範囲を軽々と超えているのかもしれない。そして、しれっとそれをやってのけるだけの経済力が、彼にはきっとあるのだ。

――公務員って、やっぱり余裕あるんだろうな。

何だか妙なショックを受けてしまって、派手派手な車のビジュアルにいつツッコミを入れてやろうかとワクワクしていたことなんて、すっかり忘れてしまっていた。

道路の右手に並んでいた防砂林が途切れて、景色が開ける。視界の右半分に、海が広がっていた。相変わらずの、鈍色の海。大粒の雨の音が、車内にこだまし続けていた。


♪


ノロノロとでも動いていた車が、ついに完全に停止した。綺麗に連なった車の列が、遥《はる》か遠くの方まで続いている。

「……止まっちゃった」

思わず、重たい沈黙を破る言葉が漏れてしまった。昴さんが、申し訳なさそうに頭をかく。

「すみません。でも、この辺りってこれが割と普通なんですよ」

「そうなんですか。渋滞って歩いた方が早いって聞きますけど、ホントなんですね」

傘を差した歩行者たちが、みるみるうちに私たちを抜き去っていく。今日は他に予定もないし、経験したことがないことばかりが続いて軽くハイになっているせいか、不思議と嫌な気分にはならなかった。でも、昴さんはどうなんだろう。

「渋滞とか、嫌じゃないんですか。車の動きはゆっくりですけど、ハンドルから手を離すわけにいかないですよね。ずっと気を張っていなくちゃいけないから、大変そう」

そう尋ねると、昴さんは少し考え込むように頭を傾けた。

「運転する感覚が好きなので、流れてくれた方がありがたいのは事実ですけど。仕方ないですよね」

「仕方ない？」

「だって、通りたい道がみんな同じだから、渋滞になるわけで。混むから他所《よそ》に行ってくれとは、言えませんよね」

その理屈は多分、多くの人にとって理解できるものに違いなかった。昴さんが他人と違うのは、その理屈を納得まで落とし込んでしまえていることだ。

「鎧塚さん。ラジオをつけてもいいですか？」

「どうぞ」

こういうときに、ラジオがお好きなんですか？　とか、聞き返したらいいのだろうと思う。けれど何故か、いつもよりキッカケの言葉がうまく出てこない感覚があった。他人の車に乗るって、それなりに緊張することなのだと思い知る。タクシーに乗るようなものだろうと思っていたけれど、随分と様子が違った。一度会話が途切れてしまうと、改めて口を開くやり方を忘れてしまったかのように、戸惑いで胸が覆われてしまうのだ。

昴さんが操作したカーステレオから流れてきたのは意外にも、ピアノの音色だった。聴き慣れたフレーズに、私はおや、と思う。

「……これ」

「偶然ですね。教えていただいたアルバムに入ってる曲だ」

少し弾んでいるように聞こえたその言葉に、私は思わず昴さんの横顔を盗み見た。嬉しかった。本当に偶然なのかもしれない。単に記憶力がいいだけなのかもしれない。でもそれにしたって、興味がないものを心に留め続けておくのは、大変なことだろう。

「ビックリした。クラシックが流れることもあるんですね、ラジオって」

「これ、クラシック専門？　の番組なんですよ。日曜のこの時間にやっているんです、いつも」

「へえ！」

知らなかった。ラジオはこれまでの人生で、ほとんど聴いたことがない。喜びに心が少し跳ねた後に、ふと、ある疑問が湧いてくる。

「……いつも？」

ぽろっと私の口からこぼれた言葉の意味を察したのか、昴さんが困ったように頭をかいた。

「好きなんです、ラジオ。車に乗るときには、大体いつもかけていて。そういえば、ピアノが聴ける番組ってないのかなと思って、調べたんです。これぱっかりは、異動してよかったなと思いました。僕、センターにいたときは日曜日も仕事だったので。結構面白いんですよ。いろんな曲が聴けて面白いし、パーソナリティのおしゃべりも落ち着いた感じで、ちょうどよくて」

——嬉しい、嬉しい、嬉しい。嬉しくて、続く言葉がなかなか出てこない。

「そういえば、どういう曲なんですか？　この曲って」

言葉に詰まっていると、昴さんがそう尋ねてくれた。

「えっと、ショパンのエチュードって、二十七曲あるんですけど。これはその、一曲目って言ったらいいのかな。エチュードっていうのは、日本語に訳すと『練習曲』ですね」

「随分、豪華な練習ですよね。どの曲もすごく……華やか？　な感じなのに」

「そうですね。実際、コンサートでよく演奏される楽曲も多いので、そう感じるのは無理もないと思います。基礎的な練習をさせる譜面でありながら、決して単調じゃない……芸術作品としても優れているのが、ショパンのエチュードのすごいところなんですよね」

「練習、ということは目的があるんですか？」

「そうだな……この曲なんかは、実際弾いてみるとめちゃくちゃ難しいんですよ。聞いての通り、なんですけど」

　雄大でゆったりとした動きの左手とは対照的に、左から右、右から左へと忙《せわ》しなく動き回る右手。ひとときも休むことなく、鍵盤の上を動き回る指。その様子がイメージできるような、音の運び。

「プロの演奏だからしれっと弾いているように聴こえますけど、実際には音を外さずに弾くのが至難の業なんです。音が移り変わるときには鍵盤を押す指も変わるわけですけど、移り変わる指の間が開いたり縮んだりを繰り返すから」

「一定ではない、ということですね」

「はい。思い切り指を伸ばした後に、近い距離の鍵盤を弾かなきゃいけないことがあったり。それが、あの速さで不規則に続くんです。それを正確にやり遂げるのがまず、物理的に難しいことなんですよ」

「……ほとんど、スポーツだな」

　昴さんがぽろっと口にした言葉に、私は力強く頷く。

「音楽って、何だかおしとやかなものだと思われがちな気がしますけど。少なくともピアノは、柔軟性だったり、体力だったり、運動神経みたいなものが重要な楽器なんです」

「なるほど」

「フィジカルが、とっても大事。スケールの大きな演奏をしたいならパワーが必要だし、繊細に奏でたいなら感覚を研ぎ澄ませる必要がある。色々な表現をしたいと思うなら、その気持ちに応えられる身体を作らないと。そうだな……身体が資本という点では、やっぱりアスリートと」

熱のこもった会話は、そこで途切れた。聴き慣れないアラームのような音が、小さな車内に響き渡る。

「すみません。電話をかけたいので、一旦どこかに停めてもいいですか」

そう告げる昴さんの声は、どこか緊張しているようだった。言葉の内容を把握した後で、私はカーナビの画面が変わっていることに気づく。画面に受話器のマークと、『父さん』という文字が表示されている。

渋滞の列をどうにか抜けて、脇道に入る。たまたま空いていたコインパーキングに、スルリと車が停まった。エンジンを止め、ラジオを切る昴さんの動作が、どこか焦っているように見える。

「すみません。少しだけここで待っていてもらえますか」

「大丈夫ですよ。急いでないですから、ゆっくりで」

雨はだいぶ弱まっていて、道行く人たちの中には傘を差してない人も多かった。昴さんも傘は差さずに、スマホを操作して電話をかけ始める。虚《うつ》ろな目、小さな口の動き。動作は見えても、声は一切聞こえなかった。重たい金属のドアをたった一枚挟んだだけなのに、昴さんがとても、遠かった。私は手持ち無沙汰になって、窓の外の景色に視線を移す。駐車料金の書かれた看板が目に入って、ため息を吐きながら目を閉じた。

——電話の相手は、昴さんのお父さんなんだろうか。

昴さんの家族のことは、ほとんど知らない。妹さんがいるという話は聞いたことがあるけれど、それくらいだった。何というか、アンタッチャブルな雰囲気があるのだ。そしてそれは、私も同じ。それなりに色々な話題をシェアしていると思うけれど、不自然なほどに家族の話は出ない。恐らく二人とも、心の中に見えない線を引いている。そして、言及こそしないけれど、お互いにそのことを把握しているように思う。

彼のことをきちんと知りたいと思っている。昴さんもかつて、私のことを知りたいのだと言ってくれた。果たして私たちは『地域交流センターの職員さんと利用者』という関係性から、一体どのくらい進んだというのだろう。そもそも一般的なカップルって、どれくらいのものを分け合う間柄なんだろうか？　家族の話をしない私たちは、いずれ、一緒にいることが難しくなってしまうのだろうか。

物思いに耽っているうちに、運転席の方から控えめなノック音が聞こえた。一拍遅れて音のした方を見ると、昴さんがこちらを見ている。そのまま彼はドアを開けて、車に乗り込んできた。

「すみません、お待たせしました」

「いえ……大丈夫ですか」

「大丈夫です。ご心配おかけしました」

そう引き取られてしまうと、追及するのは憚《はばか》られた。何とも言えない気まずい空気が、車内に満ちていく。駐車場を出て再び渋滞の列に戻ってもなお、私たちの間に言葉は生まれなかった。先ほど切られてしまったラジオもそのままだったから、ただひたすら、雨が車の天井を打つ音だけが響いている。

「鎧塚さんは、一人暮らしでしたよね」

何のきっかけもなく、昴さんがそう切り出す。少し驚いたけれど、聞かれて困ることではない。

「はい」

「家を出ようと決めたときって、どんな気持ちでしたか」

咄嗟に返事ができなかった。これはきっと、大事な話だ。何故だか、そんな確信めいた予感がする。

「……私、家を出たことが二回あるんですけど」

「二回？」

「一回目は、藁《わら》にもすがる思いで飛び出して。二回目は、自分を守るために飛び出しました」

車内に再び、沈黙がやってきた。言い方を間違えた気がする。でも、嘘はついていない。

「二回とも『飛び出した』なんですね」

「……確かに」

とにかく、ここではないどこかへ行きたい……そう感じていた当時の気持ちが、生々しい手触りで甦《よみがえ》ってくる。胸の奥に妙に力が入ってしまって、息がしづらい。

「僕も、家を出たときはそうだったから、わかります。何となく」

「『飛び出した』んですか、昴さんも」

「『飛び出した』と言うほどには、勢いはなかったと思いますけど。そうですね。義務感？　みたいなものを感じていました。今、ここを離れなければダメだと思った」

強い言葉に反して、昴さんの声は穏やかだった。フロントガラスの方に向けられた視線は、やはり、景色そのものより遠くを見つめているようだった。

「僕、あんまり感情が表に出てないらしいんですよ。表情とか、行動とか、言動とか。

一緒にいても、わかりづらいみたいです。傍から見ていると」

話題が飛んだことへの戸惑いと、心当たりがないわけではないエピソード。私はどう反応したらいいかがわからなくて、口を開くことができない。

「子供の頃、いじめられていたことがあったらしいんですけど、気がつかなかったんですよね。教科書がなくなっても、ああ、なくなっちゃったんだなあ……としか、思えなかったですし。でも唯一、『気持ち悪い』って言われたことだけは、はっきりと覚えてるんです。クラスのリーダー格？　みたいな、利発な子で」

でも、と昴さんは続けた。

「家族は、何があっても僕と普通に接してくれた。感情表現がうまくできなくて色々と鈍い僕を、気持ち悪がらなかった。自然なまま、家に居させてくれた。大事なんです。別れるなんて、想像がつかない」

昴さんの本音を聞いているのだろうということは、よくわかった。ただ、それとは関係なく、私はひたすらに困惑していた。今聞いたことがどういう話なのか、さっぱりわからない。彼が、私に何を言いたいのかも、ちっともわからない。

「……なんだ、それ」

口からこぼれ落ちた言葉は、雨の音にかき消されるようにして、中空へと消えていく。

何かを聞けば、それを糸口に全ての話が繋がるのかもしれないし、ひょっとしたら昴さんは、そんな展開を望んでいるのかもしれない。でも、怖かった。彼の『内側』に足を踏み入れる勇気が持てなかった。私は次に続く言葉を持てないまま、フロントガラスを滑り落ちる雨粒たちを、ぼんやりと見つめていた。

♪

ぬいぐるみって、案外重いんだな。まあ、これだけ大きかったら仕方ないか。雨ですっかり濡れちゃったから、その分も重いのかも。両手が塞がってるから、傘も差せない。まあ、差すほどの雨でもないけれど。

というか、貴重な休日に何でこんなものを抱えて歩いてるんだろう？　ぬいぐるみなんて、欲しいと思ったことすらないのに。まあ、しょうがないか。プレゼント？　みたいなものなんだから。

それにしても、明日から仕事だなんて。誰か、嘘だと言ってほしい。日曜の夕方にこんなに疲れてることなんて、ここしばらくなかったな。まあ、そんなものなのかもしれない。一応、初デート？　だったんだし……

もう何度、そんな取り留めのない思考を繰り返したのだろう。意味のない考えばかりが、脳内を巡り続けている。瞼が、ぶよぶよと重たい。昴さんと別れてから、どうしようもない疲労感に押しつぶされそうになっていた。

楽しかったし、我ながらなかなかいい時間を過ごせたんじゃないかと思う。それなのに、この、漠然とした不安は何なんだろう。この気持ちは、果たしてどこからやってくるのだろう。

こういうとき、一階に住まいを構えた自分を褒めてあげたくなる。階段を上る元気なんて、もう一ミリも残っていない。防犯面で気にしなければいけないことは多いけれど、庭なしのアパートであれば、一階は家賃も安いことが多いのだ。

だるくなった腕を何とか持ち上げて、家の鍵を開ける。ガチャガチャと鳴る金属音が、すごく遠かった。玄関に入って背後でドアが閉まった途端、辺りがしん、と静まり返る。

ああ。安心できる場所に、やっと帰ってこれた。

腕の中に大人しく収まっているアザラシを、このままぶん投げてしまいたかった。そして、その元気が残っていないことに感謝する。私はそのまま、ずるずると玄関に座り込んだ。しっとりと濡れたぬいぐるみに縋《すが》り付くようにして、顔を伏せる。

――その服、明らかに昴さんじゃない人が選んだやつだと思いますけど、誰のチョイスなんですか？　ときどきすごく遠くを見つめていたけれど、何を考えていたんですか？　嘘みたいに派手な車に乗っているのは、何か理由があるんですか？　前触れもなくいきなりヘビーな話を始めましたけど、それを受け止める私の気持ちは、少しでも考えたんですか？

昴さんは今日、ちゃんと、楽しかったですか？

聞きたいこと、いっぱいあったはずなのに。あんまり聞けなかったな。置き去りにしてきた疑問たちが、今になってポンポンと脳裏に浮かんでくる。

昴さんは私といて、楽しいのだろうか。私は昴さんといて、楽しいのだろうか。自分の思いにも、昴さんの思いにも、まるで自信が持てなかった。

第五章　二人の悲しき旋律

Episode 5

♪


マンションの駐車場に車を停めた僕は、大急ぎで家へと向かった。結構な雨が降っていたけれど、そんなのはお構いなしだ。自分の足が思うように動かないのがもどかしかった。これが車なら、ある程度は思うようになるのに。お察しの方も多いと思うけれど、僕の運動神経はお世辞にもいいとは言えない。エレベーターを待つのがもどかしくて、階段を一生懸命に上る。

玄関のドアを勢いよく開けると、ちょうど目の前の廊下にいた宙が、ギョッとしたようにこちらを見た。

「え？　なんで⁉」

「なんで、って」

……そういえば、なんでだ？　急いで家に帰りたかった気持ちに嘘はない。でも、何か家に用事があるのかと問われると、言葉が出てこない。

宙が、手に持っていたスマートフォンを光らせる。蛍のようにほの淡い光が、彼女の顔をふわりと照らした。

「いやいやいやいやいやいやいや。まだ五時半だよ？　晩御飯、一緒に食べてくるんだと思ってたよ。てか何、ビショビショじゃん！　傘、持って行かなかったの？　天気予報も見ずに出掛けるほど浮かれてたワケ？　あーあ、折角の服が台無し」

矢継ぎ早に言葉を浴びせながらも、宙がタオルを持ってきてくれる。ポーンと放り投げられたバスタオルを、僕は頭で受け止めた。

「えぇぇ……」

明らかに引いている宙を見て、僕の頭にカッと血が上る感覚があった。でも、相変わらず言葉が全く出てこない。

「デート、ほっぽりだして帰ってきちゃったの？　もー……『水曜日の君』にヘソ曲げられても、知らないからね」

僕は、相変わらず黙っていた。雨でペシャンコになった前髪から、雫《しずく》がぽたっと滑り落ちる。それを見た宙が一瞬、真顔になった。そして、眉をハの字にして困ったように微笑む。僕に背を向けて、手をひらひらと振った。

「もう、子供じゃないんだから。何も言わずにいなくなったりしないよ」

言葉は、やはり出てこなかった。宙の部屋のドアが閉まる音を聞き届けて、僕は玄関のドアに背中からもたれかかる。目をきつく閉じて長いため息を吐いたら、全身がその場に溶けていってしまいそうだった。緊張していたことに気がつくのは、いつだって全てが終わった後なんだ。

♪


鎧塚さんと初めて電話をした、あの、水曜日の夜。僕は自分の部屋のベッドに腰掛けて、スマートフォンと格闘していた。

彼女が、メッセージではなく電話をメインにやり取りしようと提案してくれたこと。それが、言葉にできないほどに嬉しかった。鎧塚さんがこちらに歩み寄ってくれたのと同じくらい、僕も彼女に歩み寄りたい……そう思った。画面に表示されるスタンプたちを眺めながら、どれがこのシチュエーションに最適なものなのかを、慎重に探る。

「兄貴」

「うわっ⁉」

いきなり声を掛けられた弾みで紙飛行機のマークに触れてしまい、お辞儀をするクマのスタンプが鎧塚さんに送信されてしまった。さっき、うっかり彼女に電話をかけてしまったときと同じ、意図せず画面に触れてしまったことによるアクシデント。え、え、これで合ってるの？　もっとふさわしい何かがあったんじゃないの？

後悔と不安で肩を落とす僕の前で、宙が地べたにペタンと座り込む。片手には何故か、ホワホワと湯気が立ち上るカップ麺を持っていた。

「何か……ゴメン？」

「……部屋に入る前には、ノックしてくれると助かるんだけど」

「そうそう。毎回、入った後に気づくんだよね。申し訳ない」

全く意に介していないようだった。思わず、ため息が出てしまう。

「……それ、ここで食べるの？」

「うん」

僕はもう一度ため息を吐いて、その場から立ち上がった。

「え。いいよ、出てかなくて」

「違うよ。こんな時間に目の前でそんなもの食べられたら、たまらないって話」

そう告げて僕は、台所へ向かう。確か、買い置きのカップ麺はもう一つあったはずだ。

部屋に戻ってくると、先ほどまで僕が腰掛けていたベッドのスペースに、結構な大きさの紙袋が置かれていた。

「何、これ」

「服」

状況が飲み込めずに僕が黙っていると、啜った麺を頬張りながら、宙が補足をしてくれる。

「これで行きなよ、デート。あ、靴もシューズボックスに入ってるから見といてね」

「え。僕のなの？　これ」

僕はカップ麺と箸をデスクに置き、紙袋を開いた。見慣れない形のシャツとカーディガン、ズボンに靴下。ご丁寧にバッグまで入っている。あまり見たことのない雰囲気のアイテムばかりだ。

「着たことないよ、こういうの。ってか、なんで宙が僕のサイズ知ってるの」

「一緒に住んでて、洗濯とかしてりゃわかるよ。ある程度は」

「僕、宙のサイズ知らないけど」

「うわー。そういうの、疑問に思ったとしても心に仕舞っとくもんだよ、普通。そういうとこ、ホント兄貴っぽい」

そうやって言葉を交わしているうちに、僕はあることに気づく。

「……ご機嫌じゃん、今日」

「うん。いい日だよね、水曜日って」

嘘か本当かよくわからない声で、宙がそう言う。僕は、見慣れない洋服たちに付いているであろう商品タグを、手でゴソゴソと探り始めた。

「よく知らないけど、高いんじゃないの？　こういう服って」

「まあね」

「こう見えて私、結構お金持ちだからさ。ま、誕生日プレゼントみたいなもんだと思ってくれればいいよ」

「この間くれたじゃん、誕生日プレゼント。車で使う用のクッション」

「いいじゃん、別に。お祝いなんて、多ければ多いほどいいでしょ。ついでだから念押ししとくけど、私、結構お金持ちなんだよね」

宙が子役時代に稼いでいたお金は、両親が彼女の名義で貯金していたと聞いている。額面までは知らないけれど、宙は多分、そのお金のことを言っているのだろう。

「それは知ってるけど。そういうのは、自分のために使いなよ」

「うん。だから、自分のために使おうと思う」

嚙み合わない会話は、いつものことだ。宙は、本当に話題がポンポンと飛ぶ。僕は半ば呆れながら、それでも問いかけた。

「何の話？」

「うん。だから、留学しようと思うんだよね。海外に」

僕は、思わず宙の顔を見た。真剣な顔つきの彼女と、視線が正面からぶつかる。周囲から、音が消え去ってしまったようだった。僕を見つめる揺るぎない表情が、やけに大人びて見える。

——宙って、こんな表情をする子だったっけ？

そんな僕の小さな動揺を悟ったのか、彼女はふっと笑って立ち上がる。

「デートプラン、ちゃんと立てておきなよ？　オヤスミ」

食べかけのカップ麺を片手に、宙はあっさりと部屋を出て行ってしまった。

スマートフォンが震える感触がして、僕はようやく我に返る。通知を確認すると、鎧塚さんから返信が来ていた。二羽のペンギンが両羽を上げて、嬉しそうにしているようなスタンプ。

宙の顔と鎧塚さんの顔が、交互に頭の中を巡る。箸をつける前のラーメンがすっかり伸びてしまったことに気がついたのは、随分後になってからのことだった。

♪

「佐藤さん、これ頼める？」

それが自分にかけられた言葉だと気づくのに、少し時間がかかった。区役所の中でも地域振興課のあるこのフロアは人の往来が多く、いつもザワザワと賑わっている。

同僚から差し出された、書類の束。中身を確認し、自分にやれるかやれないのかの返事をしようとしたときには、相手はもう自分の仕事に戻っていた。まあ、やれないことはない内容だったから、別にいいのだけれど。僕は今のところ、この職場ではいつもこんな感じだ。他人とは流れている時間の速さが違うんだなと、しみじみ思う。

地域交流センターはきっと、僕に向いている職場だったのだろう。あの場所を取り巻くのんびりとした空気が、僕は好きだった。ラクな職場だったとは、口が裂けても言えない。でも、こんな風に塞いだ気持ちになることはなかったように思う。もっとも、単に思い出を美化したいだけなのかもしれないけれど。

コンコン、と何かを叩く音がした。僕が振り返ると、仏頂面の老人が窓口の椅子に腰掛けていた。彼が右手に持ち直した杖。あれで、デスクを叩いて職員を呼ぶのがお決まりの挨拶である。僕は作業を中断し、窓口に向かいながら会釈をした。

「こんにちは、江口《えぐち》さん」

「この間のアレ、できてるか？」

僕は返事に詰まり、その場に立ち止まった。即座に、江口さんが大きなため息を吐く。物理的には彼を見下ろしている状態なのに、明らかに僕の方が江口さんに威圧されていた。そもそもが強面《こわもて》なところに町内会長という肩書きも加わって、何というか、鬼に金棒といった雰囲気なのである。

「今、やっているところです」

「……まァ、今日明日に出来上がっていないとマズイものかと言えば、そうじゃないんだがね。前の担当者のときは、何か頼んだら大抵、翌日には出来上がってたんだがな」

胸の辺りが、ズシンと重たくなる。恐らく大半の職員は、僕よりもその辺りの出来がいいはずだ。直《じか》に比べられると、きつい。

「すみません。僕はパソコンを使った作業が得意ではないので」

「まァ、そうなんだろうな」

「……担当、他の職員に替わった方がいいですか」

「バカ言え。そう簡単に人事をいじれるわけがないだろう」

「江口さんが課長に直訴すれば、一発だと思いますけど」

僕の言葉に、江口さんが軽く舌打ちをする。

「お前さんはその、自信のなさを何とかした方がいいな」

「何のことですか」

「あんたの前にいた担当者は、仕事は早かったよ。だが、いつもニヤニヤヘラヘラして調子いいことばかりを言うもんだから、人間としてはイマイチだったな」

「はあ」

「何かと正直という点においては、あんたは信用できるよ」

褒められているような気もするし、貶《けな》されているような気もする。江口さんは、そんな僕を見て呆れたように杖にもたれかかった。

「しかし、まァ……パソコンの作業なんて、俺たちより若い奴らの方がよっぽどできるものだとばかり思っていたけどね」

「若いとか老いてるとか、関係ないですよ。どんなことだって得意な人は得意だし、苦手な人は苦手です。それに、僕そんなに若くないですよ」

「よく言うよ。二十代なんて俺たちから見たら孫みたいなもんだ」

江口さんにとって僕が孫なら、僕にとって江口さんは祖父みたいなものなのだろうか。言われてみれば、公務員と行政サービスを受ける人というのは、純粋な仕事相手とは微妙に違う間柄であるような気もする。

「あんたみたいな若いのにはピンと来ないんだろうけどさ、町会活動っていうのはものすごく、大事な役割を担ってるんだよ」

「まあ、興味があるかと言われると微妙ですけど」

すかさず、江口さんの厳しい視線が飛んでくる。ああ、こういうところがダメなのだ、僕は。一連のフレーズは江口さんの口癖だ。もう何度耳にしたかわからない。適当に流しておけば、それで済むことなのに。

「皆さんにとって大切なことなんだっていうのは、関わっていればわかることですから」

僕がそう言うと、江口さんが大きなため息を吐いた。

「本当に不器用だな、あんたは」

——不器用、か。

何なんだろうな、と思う。僕は普通に生きて、普通に思ったことを口にしているだけだ。そこに他意は存在しない。それなのに、勝手に褒められたり、勝手に貶されたりする。今までの人生、ずっとそうだった。僕の本音なんてきっとどうでも良くて、言葉だけを綺麗に切り出し、各々が都合のいいように受け取っているに過ぎないのだろう。

「おい」

江口さんの呆れたような声で、僕は我に返った。

「正午のチャイムが鳴ったの、聞いてなかったのか？　早く行かないと食いっぱぐれるぞ、昼飯」

そう言い残して、江口さんはさっさと窓口から去ってしまった。杖がコツコツと床を叩く音が、次第に遠ざかっていく。

江口さんはシャンとしていて姿勢もいい。八十五歳という年齢の割に、実にキビキビと動く。だからこそ、彼の右手を支えている杖の存在に、いつも違和感を覚えてしまう。江口さんに会うといつも、視線が吸い寄せられるように杖へと向かってしまうのだ。別に、見たいわけじゃないのに。そこだけが彼の佇《たたず》まいの中で、妙に浮いてしまっているということなのだろう。

必要がないのにそういうものを持つ人ではないと思う。ただ、関わる時間が長くなったところで、本人が口にしない限りは、他人のことはわかりようがないという事実がそこにある。

『うん。だから、留学しようと思うんだよね。海外に』

脳内にカットインしてきた、宙の声。僕は反射的に首をぶるぶると振った。何で今、そんなことを思い出すのだろう。あれから何日も経っているというのに、あのときの宙の声音が一向に色褪《いろあ》せていかないことに、僕は苛立っていた。青天の霹靂《へきれき》という言葉が、あまりにもピッタリなシチュエーション。一番長く一緒にいたはずなのに、僕は何も知らなかった。宙がそんな将来を思い描いていたということも、それを僕に隠してきたということも。

僕は窓口の椅子から立ち上がり、その足でロッカールームへ向かう。さっさと昼食を取るべきなのはわかっていたけれど、食欲がなかった。

♪


ロッカールームは、そこだけ切り取られた異空間のように静かだった。たまたま誰もいないタイミングだったらしい。望み通り一人になれたことに、僕は感謝した。

毎日たくさんの職員がここを利用しているはずなのに、何年も使われていない場所のように埃《ほこり》っぽい匂いがする。無機質で細長い扉に埋め尽くされている壁。通路に置かれた背もたれのないベンチに腰を下ろすと、身体がゆるゆると弛緩していく感覚があった。一人って、本当にラクだ。そう感じざるを得なかった。

僕は、ポケットに入っていたスマートフォンから、通話アプリを呼び出した。最新の通話履歴は、日曜日。鎧塚さんとのドライブ中に車を停めて、父にかけた電話だ。

画面をぼんやりと見つめていると、メッセージの到着を知らせる通知が現れた。送信元は、鎧塚さんだった。

『こんにちは。昴さんもお昼休みでしょうか？　お仕事、お疲れさまです。明日は水曜日なので、いつも通りにピアノを弾きに行きますけど、大丈夫ですか？　無理しないでくださいね。返信は不要です。既読がついたら、それでわかりますから」

……大丈夫ですか？　って、何だろう。大丈夫じゃないのだろうか、僕は。

僕は、鎧塚さんと会った休日のことを思い出そうとする。でも、ぼやぼやと滲《にじ》んだ水彩絵の具のように、イマイチはっきりとしなかった。代わりに鮮明に思い起こされたのは、電話越しに聞こえる父の声。

『昴は、宙が留学を考えてること、知ってたの？』

——知らなかった。僕もこの間、聞いたばかりなんだ。

『そうか……自分で決めたんだな。すごいな』

喜びを隠しきれていない様子の、父の声音。僕の知らない間に、宙は両親に連絡を取っていたらしい。宙がお金持ちなのは事実だ。でも、いざ留学するとなったら、未成年の彼女にとって親の後押しは不可欠だろう。

とはいえ、だ。宙が、あの宙が。自分から親にコンタクトを取っていただなんて。以前の彼女であれば考えられなかった行動に、あの子が本気だということを思い知らされる。長年自分の意思で遠ざかっていた場所に、宙は自ら歩み寄ったのだ。それがどんなに尊いことなのかは、朴念仁《ぼくねんじん》の僕にでさえよくわかることだった。

だからこそ僕は、この胸の澱《よど》みを恥じている。宙の決断を手放しに歓迎できない自分を、認めたくなかった。だってそんなの、最低じゃないか。

もしかしたら父の傍らで、母は僕の気持ちに近い思いを抱えているのではないかと思ったけれど、改めて彼女に連絡する気にはなれなかった。これは、誰かと共有したい類の感情ではないのだから。

宙が、あの家を出ていく。僕は、数年ぶりに一人になる。これを機に実家に戻るという手もあった。職場に通うにも問題がない距離だし、何より、無駄なお金を払う必要がなくなる。でも、僕が気にしているのはそういう、現実的な話ではない。

——もしかして、僕が鎧塚さんと付き合い始めたせいで、宙は出ていくのだろうか？　まさかとは思うけれど、僕たちの周りで最近起きた変化と言えば、それくらいしか心当たりがない。いずれにせよ本人に問いただせばいいのだろうけど、困ったことに、あれから宙を前にすると、上手く言葉が出てこないのだ。

スマートフォンで時刻を確認する。お昼休みはあと二十分ほどしか残っていない。参ったな、お腹が空く気配なんて微塵もないのに。

根が生えかけていた身体を何とか奮い立たせ、僕は売店へと向かう。この時間に行ってもロクな食べ物は残っていないだろう。でも、何か胃に入れないと午後の仕事でしんどい思いをするだろうということは、想像に難くなかった。

♪

『既読』の二文字を確認したところで、独りでにため息が出た。電話だと余計なことを言ってしまいそうな気がしたからメッセージにしたけど、大丈夫だっただろうか。

電話をメインにやり取りしようと提案したのは私だ。それなのに自分がこういう振る舞いをするのは、何だか微妙な気がしてならなかった。

下ろした髪を、柔らかい風がさらさらと撫でていく。少しだけ潮の匂いがした。その心地よさに身体ごと委ねてしまいたくなるけれど、さっさと食べないと貴重な昼休みが終わってしまう。コショウをたっぷりきかせたツナマヨネーズときゅうりのサンドイッチを、私は大口を開けて頬張った。もう一つの包みには、あんずジャムとクリームチーズのサンドイッチが入っている。サンドイッチは私の得意料理だ。作るのが楽な割に栄養も取りやすくて、何より、美味しいのがいい。

職場から徒歩で十五分ほどの場所にある、小さな公園。駅を越えて観光地に向かって真っ直ぐ歩いていくと、海を渡る遊歩道がある。渡り終える直前に現れるこの原っぱやベンチが、私のランチスポットだった。歩いて十五分かかるというのがポイントで、ここに通うようになってしばらく経つけれど、今のところ会社の同僚には出会わずに済んでいる。

観光地、と書いたけれど、ここは同じ県内の海でも昴さんと行った水族館の辺りとは趣が異なる。ビーチという言葉がよく似合うあちらに対し、こちらは近代的な港だ。駅周辺には高層ビルが立ち並び、ビジネスマンと観光客とが混在している雑多な街。その会社から離れてしまいさえすれば、私のことを気に留める人など誰もいない。そのことが、どれだけ私を安心させてくれることか。

そんなことを考えていたら、背後から差し出されたものに気がつくのに、少し時間がかかってしまった。振り返ると、小さな缶コーヒー越しに見知った顔がある。

「一人？」

瞼が、瞬きの仕方を忘れてしまったようだった。若手管理職のエースとして呼び声が高い、直属の上司。どう考えてもここにいるはずがない人の姿に、合成写真でも見ているような気持ちになった。どくどくと脈打つ心臓の鼓動が大きくなるのを感じながら、絞り出すようにその問いに答える。

「……はい」

「隣、いいかな」

すぐには返事ができずにいる私の横に、長谷川《はせがわ》さんが腰を下ろす。彼が手にしていた缶コーヒーは二つあって、そのうちの一つが私と彼の間にそっと置かれた。

「汚れちゃいますよ、スーツ」

私は携帯用の小さなレジャーシートに座っているが、長谷川さんが座ったのは芝生の上だ。

「平気。後で、手で払うから」

そう引き取られてしまうと、何も言えなかった。

「鎧塚さん、こんなところで食べてたんだ、お昼。なるほどね、謎が解けたよ」

「謎？」

「お昼休みになると、いつもあっという間にいなくなっちゃうから」

突然、手すりのない高所に放り出されたような心許《こころもと》なさを感じた。心の震えを隠すために、口から言葉が勝手に飛び出してくる。

「たまたまですよ、たまたま。大体、会社から十五分も歩くのに、わざわざこんな観光地のど真ん中に通うわけないじゃないですか。どんな物好きなんですか、それ。こんな落ち着かない場所、せっかくの休み時間なのに疲れが取れやしないって後悔してたところですよ」

長谷川さんが、私の座っているレジャーシートに視線をやった。

「じゃあ、そういうことにしておこう」

努力して保っていた平穏が、こんなにもあっさりと壊れていってしまうのが恐ろしかった。私を見て、長谷川さんが困ったように微笑む。

「怖い顔」

「え」

「鎧塚さんのそんな顔、初めて見た。いつもニコニコしてるのにね」

思いがけない言葉に気まずくなって、私は思わず長谷川さんから視線を逸らす。

「……すみません」

「あんまり外で見かけない人がいたもんだから、声かけたんだけど。まずかったかな」

「いえ……」

そう答えるしかなかった。何かを察したのか、長谷川さんは私から視線を外して、コーヒーのプルタブに指をかけた。カシュッ、という小気味いい音がする。

「これ、飲んだら帰るよ」

言葉のキャッチボールは、そこで不意に途切れた。遠くで、小さく悲鳴が上がるのが聞こえる。遊園地のジェットコースターがある方角だった。

「最近どう?」

沈黙を破ったのは、長谷川さんだった。

「どう……とは?」

「だいぶ前なんだけどさ。急遽、鎧塚さんに会食に同行してもらったことがあったの、覚えてる?」

覚えている。というより、忘れるはずがなかった。あの日が、人生の潮目になったと言っても過言ではないのだから。

「あのときは……すみませんでした」

無意識に、私の口からは謝罪の言葉がこぼれ出していた。

「いや、謝らせたいわけじゃなくて。第一、自分できちんとフォロー入れて、あの場は上手く収めてたじゃない」

「でも……会食中に泣き出すなんて、明らかにどうかしてたので」

「さっきから謝ってばっかりだね、鎧塚さん」

返答に困って、私は黙り込んだ。長谷川さんは穏やかな表情で遠くを見つめている。

「まあ、この歳になると人が泣く姿を見ることも少なくなるからさ。びっくりはしたんだけど、何か、妙に感心もしたんだよね」

「感心？」

「うん。鎧塚さんも人間だったんだなって」

意味がわからず黙っていると、長谷川さんが一瞬、横目でこちらを見た。

「鎧塚さん、仕事はきっちりしてるし、いつも穏やかにしてくれてるから接しやすいけど、心のシャッターめちゃくちゃ分厚いなって思ってたから」

身体中の細胞が、一斉に硬直してしまったようだった。そしてすぐ後になってやってきたのは、形容しようがない恥ずかしさだった。心のシャッターが分厚い、それの何がいけないのか。そのおかげで、大事な場所へ踏み込まれることなく過ごしてこられたのだ。望んでやってきたことなのに、何故か、身体が燃え上がっているかのように熱かった。

「もし、鎧塚さんが泣いてしまうほど辛《つら》いことが仕事がらみだったとしたら、上司としては聞いておかなきゃいけないよなって、ずっと思ってたんだよ。でも、あれから俺、わかりやすく避けられてるから」

「……すみません」

「ほら、また謝ってる。何か後ろ暗いことがあるのかもしれないけど、その辺で収めておいてくれるとありがたいな。特に心当たりがないのに謝られ続けるのって、結構しんどいんだよね」

ぐうの音も出なかった。やはり、長谷川さんはきちんとした人だ。これまで、仕事においてはさほど困ることなく過ごせていたのは、この人が上司だったからという面も大きいのだろう。だからこそ、こんなことをわざわざ言わせしまっているということが、きつかった。

「……辛かったわけじゃ、ないんです」

「辛くないのに、泣くの？　鎧塚さんは」

「一言では、ちょっと……」

——あのとき、自分の代わりに会食に同行してくれと同僚に頼まれなかったら。同行する予定のレストランがどんな場所なのか、事前に確認しておけば。会場に着いてすぐ目に入ったグランドピアノを、無視したらいいのだと高を括っていなかったら。

生演奏が始まりそうな気配を察したときに、トイレにでも立っていれば。そもそも、涙なんて気合いでどうにか我慢できていたら……そんな風にいくつもの『if』が、頭の中を通り過ぎていく。

「……悲しくて、悔しくて。でも、嬉しくて。とにかく、胸がいっぱいになってしまって。気がついたら泣いてました」

結局、そんな風に漠然とした回答しかできなかった。一方で、素直な気持ちを口にしている自分が不思議でもあった。いずれにせよ、仕事人としてはダメな振る舞いなのだろうけれど。

「……仕事がらみではないということでいいのかな？」

「はい、全く」

心のうちを探るような真剣な視線が、正直、怖かった。長谷川さんがいい人で、いい上司であることは疑いようがない。でも、そんな相手にでも、心の柔らかい部分に踏み込まれるのはこんなに恐ろしいことなのだ。ギリギリのところで視線を逸らさずに耐えていると、長谷川さんが先に折れてくれた。ふっと笑って、目を外してくれる。

「うん。なら、いい。でも、もし撤回する場合は、できるだけ早めにお願いします」

「しないです。事実ですから」

「了解」

そう言って、長谷川さんが立ち上がる。パンパンとスーツに付いた芝を払いながら、用は済んだと言わんばかりに、さっさと歩き出した。

「もう、ここには来ないと思うから。これからも安心して寛《くつろ》いでください」

そう言いながら、長谷川さんは手を掲げて去っていく。私はその場に立ち上がって、彼の背中に向かって頭を下げた。彼がこちらを見ていないのはわかっていたけれど、私が、そうしたかった。姿が見えなくなったところで、私は地面に引っ張られるようにしゃがみ込んだ。子供のように体育座りをして、膝の上に顔を埋める。

――クソだ。クソだクソだクソだクソだクソだ！

こんなの屈辱だ。恥ずかしい。理性の箍《たが》が外れたら、うっかり舌でも噛んでしまいそうな勢いだった。痛いどころでは済まないだろうから、やらないけど。

食べかけのサンドイッチを持ったままであることに、そこでようやく気がついた。不細工にひしゃげたサンドイッチ。もう一度口をつける気分にはなれなかった。ひどく緊張した後だからか、頭がぼうっとする。

この仕事を始めて、五年ほどになるだろうか。飛び上がるような嬉しさがない代わりに、穏やかに過ぎていく毎日。ストレスを感じていないわけではないし、むしろ細かいイライラは数えきれないほどあるのだけれど、『この世はクソ』と毒づいていれば……まあ、やり過ごせないことはない。鬱屈とした気持ちに覆われつつも、致命的に折れてしまう不安がない日々は、平和だった。このままこんな日常が続いていくのかもしれないなと、楽観的に未来を思い描けるようにまでなったことに、どんなに安心したことだろう。

あの日を境に、色んなことが変わってしまった。

生きる喜びを再び得た代償に、不安、戸惑い、怒り……様々な感情のボリュームが、日に日に大きくなっていく。こんなにも感受性が豊かだったのかと、我ながら感心してしまうくらいだ。それとも、私は元々はそういう人間で、ただその事実から目を逸らし続けてきただけだったとでも言うのだろうか。

ネガティブな想いに蓋《ふた》をするように、目を閉じる。目の裏に浮かんだのは、昴さんの横顔だった。会いたい、昴さんに。彼に、こっちを見てほしい。

そう思ったところで、自嘲的な笑いが漏れた。無理しないでと伝えたばかりなのに、会いたいと思ってしまうなんて。顔を見て安心したいだけなのだということは明白だった。随分と勝手なことを考えるようになったものだ。

はーっと、長くて大きなため息を吐いた後、私は顔を上げて片付けを始めた。芝生に置かれた缶コーヒーをひったくるように掴んで、トートバッグにしまう。これ、どうしよう。ブラックだからそのままじゃ飲めないし……まあ、牛乳で割って飲めばいいか。

長い髪を頭の低い位置で括り、度の入っていないメガネをかける。ルーティンの動作をゆっくり辿っていくうちに、少しずつ気持ちが落ち着いてきた。よかった、ひとまずは職場に戻っても問題なさそうだ。

そう思ったところで、ふと、私は周囲からどんな風に見えているのだろうという不安が胸を過った。上手くやれていると信じていたのは自分だけで、それはただの思い上がりだったのかもしれない。脳裏に浮かぶ長谷川さんの表情をできるだけ直視しないようにしながら、私は公園を後にした。

♪

音楽練習室の時計が、午後七時半を指している。僕は少し悩んだ末に、いつも通りに地域交流センターに行くことを決めた。

こんなに穏やかな気持ちになれたのは、いつぶりだろう。ピアノを弾く鎧塚さんを見つめていたら、何だか、すごくホッとした。ここ一週間ほど、気持ちが揺れることが多かったせいだろうか。どうやら僕は、相当疲れていたらしい。いつもの場所、いつもの光景、いつもの音……『いつもの』と思える対象があるのは、幸せなことなんだなとしみじみ思う。そして、この場所でこうして鎧塚さんのピアノを聴くことは、僕にとっていつの間にか『いつもの』にカウントされるイベントになっていたようだ。

センターの前で合流したとき、鎧塚さんに尋ねられたことを思い出す。『本当に大丈夫ですか？』と問い掛ける彼女は、少し不安そうに見えた。心配をかけていると思うと申し訳ないし、落ち着かない。でも、毎週水曜日のこの時間が、自分にとって大切なものなのだなと、今日ここに来たおかげで実感することができた。それだけで、僕の取った行動は間違っていなかったのだと思う。

音の粒が耳に入ってくるのが、心地いい。鎧塚さんが弾いているのは僕の知らない曲だったけれど、どうやら僕はそういうことが気にならない性格のようだった。むしろ、彼女のピアノを通して世界が広がることが、ちょっと面白いなとすら感じていた。何しろ、僕のスマートフォンの音楽アプリには、少し前には想像もつかなかった数の曲が並んでいる。まあ要するに、何かと不精なところがある僕にしてみれば、鎧塚さんと知り合えたことはものすごくありがたかったということだ。

音楽練習室を包む曲は、ゆったりとしたテンポで、温かい音がした。耳を傾けているうちに、五感が研ぎ澄まされていく一方で、心がどこまでも安らいでいくような不思議な感覚があった。このまま、全てを音楽に委ねてしまいたかった。そう願うことが、許されるんじゃないかという気さえした。

——あれ。

ふと、言葉にはしづらい違和感を覚える。スローで控えめな表現が続いていた曲は、渦を巻くように力強く盛り上がっていくところだった。それはまあ、そういう構成の曲なのだろうけど、何かが、耳の奥でざらっと引っ掛かっている気がする。何だろう、これ。この、何とも言えない変な感じ。妙に、鬼気迫る感じがあるというか……

……鎧塚さん、何だか、殺気立ってないか？

♪

――何かが、おかしい。

ピアノの音、鍵盤から伝わる木の冷たさ、ペダルを踏む感触……全て、いつも通りだ。いつも通りのはずだ。それなのに、そこはかとない気持ち悪さが漂っていた。指が、音をきちんと捉えられていない。微妙にポイントがずれている気がする。単純に調子が悪いだけなのだろうか。それとも、音を受け止める耳の方が不調なのだろうか。正体のわからない不安に蓋をするように、私はピアノを弾き続ける。

基礎練習を終えて取り掛かったのは、リストのピアノ曲『愛の夢　第三番』だ。ゆったりした導入であるこの曲を弾くことで、居場所のない気持ちを落ち着かせたかった。『いつも通り』を取り戻したかった。なのに……何なんだ、この体たらくは。

つい、違和感の理由を探してしまう。ここまで来ると、不安を自覚せざるを得なかった。探せば探すほどに答えが出ない苛立ちで、自然と鍵盤を叩く指が強張っていく。よくない緊張は、自由な音楽を妨げるものだ。音がどんどん硬くなっていくことに、ぞわぞわとした焦りが募る。何だろう。音楽のためだけの時間に、何か、良くないものが混入している気がする。不快だったし、怖かった。純度の高い幸せが得られる時間に、変なものが混ざってほしくないのに。

何かが切れる音がして、ピアノを弾く指が完全に止まってしまった。次のフレーズに備えた手の形をしているのに、指が全く動かない。この感覚には覚えがあった。弾きたいという想いで溢れているのに、気持ちばかりが急《せ》いて身体が反応しなくなる、あの感じ――

「……鎧塚さん、鎧塚さん⁉」

声を掛けられたことに気がつくのに、やや時間がかかったように思う。昴さんは椅子から立ち上がっていた。まだ少し、青い顔をしているように見える。

「……大丈夫ですか、昴さん」

「大丈夫……って」

困惑した表情の昴さんが、オウム返しにそう答える。その様子を見ていたら、何だか、ものすごく胃の奥がむかむかしてきた。

「鎧塚さんの方が、よっぽど大丈夫じゃなさそうですよ。体調、悪いんじゃないですか？」

「私のことはいいんです。やっぱり昴さん、大丈夫じゃないですよ」

「……」

言葉を失くしている彼を見ているうちに、もう一度、何かが切れる音がした。

「……あー、邪魔だなあ」

「え」

脳が、まともに動いていないと思った。目の焦点だって上手く合わない。それなのに、勝手に口から言葉がこぼれ落ちてくる。

「ここでピアノを弾く時間だけが楽しくて生きてるのに、何でこんな気持ちにならなきゃならないんですか。この空間に嫌な感情を持ち込みたくないんですよ。そんなことをしたら、私が自由に呼吸できる場所が、いよいよこの世のどこにもなくなっちゃうじゃないですか」

口にすればするほど加速していく言葉たちで、昴さんを、自分を、鈍い音を立てながら殴りつける。最悪の気分だった。

「邪魔。本当に、邪魔なんです。邪魔しないでほしい」

そこまで言ったところで、私は両手で顔を覆った。もう何も聞きたくないし、何も見たくなかった。

「……私からこの場所を、取り上げないでください」

絞り出すように漏れた声に、返事はなかった。手を解いたときに、もう一度昴さんと顔を合わせるのが、恐ろしくてたまらなかった。音楽練習室の重たい扉が、静かに開いて、そして閉じる音がする。恐る恐る顔を上げると、部屋には誰もいなかった。当たり前だ。そのことを寂しく思う自分があまりにも勝手に思えて、今度こそ本当に舌を噛んでしまいそうになった。

ここでなら……昴さんの隣でなら。私は『私』になれる気がしたのに。何て馬鹿げた望みだったのだろう。勝手な物言いで彼を遠ざけたのは、他でもない私自身だというのに。

頬に、冷たいものが流れる感覚があった。けれど、その事実を認めてしまったら、いよいよ自分が自分でいられなくなるような気がした。頬を撫でる空調の風で、瞳の下に描かれた細い筋がすうすうとする。さすがにその感覚は、無視できそうになかった。

第六章 身勝手で感傷的なワルツ

Episode 6

♪

一週間という月日がこんなに長く感じられたのは、生まれて初めてのことだと思う。子供の頃だって、時間というのはまあ長く感じられたものだけれど、何と言うか、ベクトルが違うのだ。味のしないガムを永遠に噛み続けさせられるような、虚無感。つまらない、とか、暇だなあ、とかではない。ただただ、しんどい時間が続くだけ。

実際、何かを口に入れたところで、あまり味を感じた記憶がなかった。流石に、食が細くなっていることを自覚せざるを得ない。味覚だけじゃない。僕という存在そのものが、世界と何かで隔てられているかのように、全ての感覚が鈍かった。景色も、匂いも、温度も。そして、音も。

今日は、水曜日だ。僕は今、まっすぐ家路に就いている。こんな行動を取るのは久しぶりすぎて、区役所を出るときも、電車に乗るときも、そして最寄駅に降り立つときも、これでいいのかな……という居心地の悪さがあった。いいのかなも何も、自分で決めてこうしているというのに。

自宅までの道すがらで見上げた空は、分厚い雲に覆われていた。梅雨《つゆ》らしい天気だと言われれば、そうなのだろう。まるで湿気の中を泳ぐように、重たい足取りでマンションへと向かう。

『邪魔。本当に、邪魔なんです。邪魔しないでほしい……私からこの場所を、取り上げないでください』

鎧塚さんが訴《うった》えた、明確な拒絶。正直、言っていることの意味がよくわからなかったし、ショックだった。僕は、知らず知らずのうちに彼女から何かを奪っていたのだろうか？　何度自分に問いただしてみても、明確な答えが見つからない。ただ、自分の存在が彼女を不快にさせていたということだけがはっきりしていて、それがすごく、申し訳なかった。

今日、鎧塚さんは地域交流センターへ行くのだろうか？　気になって仕方がないけれど、確かめる術《すべ》がない。いや、確かめる勇気を持ち合わせていないのだ。あれから僕たちは、一切連絡を取っていなかった。

ノロノロと鍵を開け、家の中にそっと入る。室内は外よりも一層暗くて、人の気配がしなかった。宙、どうせ寝てるんだろうな。しばらくは顔を合わせずに済むと察せられた途端、妙な安堵感が胸を包む。苦笑いの形に、顔が歪《ゆが》むのがわかった。ただ家族と接するだけだというのに、緊張しすぎだろう。

自分の部屋で仕事用のリュックを下ろし、リビングへ向かう。相変わらず室内は静まり返っていた。大きな掃き出し窓の周りだけが、ぼんやりと明るい。時計を見ると、もうすぐ午後六時半に差し掛かるところだった。定時に上がってまっすぐ帰ると、大体いつもこの時間になる。それ自体は珍しいことではないのに、水曜日のこの時間にこうして自宅にいると、やっぱり落ち着かない。

ふとテーブルに目を向けると、マグカップが出しっぱなしになっていた。キャラクターのイラストが描かれたぽってりとした形のマグは、宙のものだ。あいつ、また半端に牛乳残してるな。水深一センチだけ残して放置するの、癖なんだよな……

その瞬間、僕は息が止まりそうになった。テーブルの上に置かれていた紙を引っ掴んで、弾かれたようにリビングを飛び出す。玄関の靴が上手く履けなくて、突っかけたままで外へ出た。バタバタと辿り着いたエレベーターホールで、下向きのボタンを殴るように何度も押す。

「いなくならないって言ったくせに」

口にしたそばから、言葉が雨音にかき消されていってしまう。雨が土砂降りになっていたことに、僕はそのとき、ようやく気がついた。

♪

これでは、傘を差す意味がない。

今朝、家でチェックしてきた天気予報は、見事に外れた。梅雨らしい曇り空の一日ですが、雨の心配はないでしょう……そう朗《ほが》らかに伝える気象予報士の顔が脳裏に浮かび、嘘つき！　と心の中で叫ぶ。折り畳み傘を持っていたのは不幸中の幸いだったけれど、こんなに盛大に降られては、傘の存在意義そのものを考えてしまう。

バタバタと駆け込んだのは、地域交流センターの軒先だった。傘を打つ雨音が止んだ瞬間に、どっと疲労感が押し寄せてくる。パンプスは水浸し、スカートも裾に近い方はかなり濡れてしまっている。サイアクだ。

――キャンセル料、もったいないし。ピアノ、弾かないと下手になっちゃうし……昴さん、来るかもしれないし。

たくさんの言い訳に後押しされて来たというのに、これだ。やっぱり、神様はいるのかもしれない。バチを与える相手を、ちゃんと選んでいる。

傘を閉じながら、地域交流センターの建物を見上げる。辺りはすっかり暗がりに包まれていた。そのせいもあるのだろうか、屋内の煌々とした明るさが、何だかやたらと眩しく見える。何度も見てきた景色のはずなのに、こうして一人で入口に立っていると、心細かった。まるで、自分の身体のサイズが、何かの間違いでうんと小さくなってしまったかのように。

別に、一人でも構わずに練習すればいい。それだけのことだ。それなのに私の心には、モヤがかかっている。いつの間にか、ここに来るときは二人でいる方が普通になっていたとでも言うのだろうか。

「こんばんは」

突然の声に驚いて振り返ると、人二人分くらいのスペースを空けて、いつもの警備員さんが立っていた。柔らかい微笑みがトレードマークの、老紳士。

「こんばんは」

挨拶しながら軽く頭を下げると、警備員さんは満足そうに頷いた。空を見上げた彼にならって、私も視線を上げる。白くけぶった闇から、大粒の雨が降り注いでいた。

「いやあ、よく降りますね」

「本当に……しっかり濡れちゃいました」

「今日は、お一人なんですね。お連れ合いは後から来るのかな」

ごく自然な問いに、何て返事をするのが適切なのかがわからなかった。視線を逸らして黙っていると、警備員さんが何かを察したように再び口を開く。

「待ち合わせだとしても、中に入っていた方がいいですよ。ほら、ここは軒がそんなに大きくないから」

言われてみれば、確かにそうだ。雨を避けられているようでいて、地面から跳ね上がった水の粒たちが、再び足元を濡らし始めている。

促された通りに建物に入ろうとした瞬間、バシャバシャと大きな音を立てながら、軒先に人が飛び込んできた。私と警備員さんの間で、肩を大きく上下させている。パーカーのフードだけで雨を凌《しの》ごうとしたのだろうか、頭から肩までが特にひどく濡れてしまっていた。

「あれ、宙ちゃん！」

警備員さんが少し驚いたような声を出す。宙ちゃん、と呼ばれた人が、パーカーを被ったままで顔を上げた。ダボダボとしたパーカーにダボダボとしたズボン。見たところ、高校生？　大学生？　くらいのような気がする。いかんせん、その世代と関わる機会がないせいで、よくわからない。でもこの子……佇まいに似合わず、ものすごい美少女だ。

「……ども」

ギリギリ聞き取れた声は意外と高く、少し掠れていた。不機嫌そうな気もするし、ただ、気まずくなっているだけのようにも見える。

「久しぶりじゃない。もう来ないのかと思ってたよ。夜に来るなんて初めてじゃない？　傘、持ってないの？　そんなに濡れちゃって……ああそうだ。タオル、持ってこようか」

どうやら、警備員さんとこの子は、そこそこの知り合いであるらしい。手狭な場所を彼女に譲るため建物に入ろうとすると、肩を押さえられる感覚があった。振り返ると何故か、美少女の手が自分の肩に乗っている。思わず目を合わせると、彼女は私を睨むようにして目を細めた。

「……あなたが『水曜日の君』の人ですか」

「えっ」

「あっ⁉」

自分ではない声がした気がして顔を上げると、警備員さんが両手で口を覆っていた。彼はしばらく視線を彷徨わせた後、コクコクと小さく頷き始める。

「タオル……そう、タオル！　持ってくるから、ちょっと待ってて」

そう言うと警備員さんは、そそくさと建物の中へと引っ込んでしまった。え？　私、この子と二人でここに残されるの？　というか、『水曜日の君』って何？　混乱する頭に追い打ちをかけるように、美少女の口から思いがけない言葉が飛び出した。

「ヨロイヅカさん……でしたっけ」

私は小さく息を呑んだ。美少女は、相変わらず私を射抜くように見つめている。

「私、佐藤昴の妹です」

♪

――間違い探しをしよう。水曜日の夜、地域交流センター、音楽練習室、そして、グランドピアノ。私は、ピアノに向かって座っている。この部屋には私以外にもう一人いて、備品の椅子に腰掛けている。ここまでは、極めていつも通り。ただし……

少し離れたところから私を穏やかに見守る昴さんが『家猫』だとしたら、この子はさながら『外猫』だな。辺りを警戒するようにキョロキョロと視線を飛ばす様子が、『人慣れしていない猫』という感じなのだ。頭に被ったタオルがほとんど顔を覆ってしまっているせいで、彼女の大きな目がやたらと目立っている。そんなところも、何だか猫っぽい。

不意に、ため息が出た。何か話がある雰囲気でついてきたくせに、この美少女、一向に口を開く気配がないのだ。『用があるんですけど』と言わんばかりのジト目で私を睨んできたのは、そっちじゃない。

この子。何と、昴さんの妹らしい。いや、現時点で確証はないのだから、『自称・妹』といったところか……でも、何となくだけど、嘘は言っていないような気がした。私の苗字、知ってたし。そういうつもりで観察してみると、どことなく昴さんと似ているような気もするし。

よろしかったらあなたも……と、警備員さんから渡されたタオルは、私の膝の上ですっかり湿ってしまっていた。横長のスポーツタオルは派手なデザインで、地元のプロ野球チームのグッズのようだった。こういうの、ファンだったら日常的に使うものなんだろうか。そりゃあ名前くらいは知ってるけど、見慣れないものが手元にあると、何だか落ち着かない。

そういえば……あの警備員さん。この子から『水曜日のなんちゃら』って言葉が出たとき、妙に狼狽えてなかったっけ。何となくそのまま流しちゃったけど、あれは結局、何のことだったんだろう。

「弾かないんですか」

「え」

「それ」

それ、と言いながら、『自称・妹』は視線でピアノを示した。

「いや……他人がいる前では、ちょっと」

「兄貴の前では弾いてるのに？」

揚げ足を取るような物言いに、少しイラッとした。嫌われてるのかな。嫌われるほど関わってないと思うんだけど。

「宙さん……でしたっけ。私に聞きたいこと？　言いたいこと？　そういうのがあるから、わざわざここまで来たんじゃないんですか」

　私が慎重にそう尋ねると、宙さんはあからさまに視線を逸らした。口をツン、と尖らせたきり、再び黙り込んでしまう。あー、いかにも思春期の子って感じ。正直、得意じゃない。かつての自分もきっとこんな風だったのだろうと思うと、どう接したらいいかわからなくなる。

「……昴さんは、元気ですか」

「！」

　うっかり口からこぼれた言葉に、宙さんが突然飛びついた。頭に被っていたタオルを引っ掴んだかと思ったら、勢いよく立ち上がって、ツカツカとこちらに歩み寄ってくる。

「ほらあ！　やっぱりそうなんじゃない」

「⁉」

「兄貴がおかしくなった理由！　ケンカですか？　ケンカですよね。さっさと仲直りしてくれませんか？」

「あ、あの……」

「まあどうせ、うちの兄貴が余計なこと言ったんだろうと思いますけど。あの人、あ
あいう仕様なんで早く慣れた方がいいと思いますよ」

マシンガンのように、矢継ぎ早に浴びせられる言葉。え、この子、こんなに喋れるの？　さっきまでずっと黙ってたくせに、自分のターンになった途端、これ？

「あの！　……どうして、付き合いが続く前提なんですか」

「えっ、嫌いになっちゃったんですか⁉」

「そんなこと！」

思わず、パッと口で手を覆った。何をやってるんだろう。すっかりペースを狂わされっぱなしじゃないか。

「……昴さんは、私とはもう一緒にいたくないかもしれない」

改めて言葉にしてみると、喉の奥がぐ……っと締まった。考えたくなかったけれど、楽観できる状況だとは思えない。もちろん、全ては自分が蒔《ま》いた種だ。

「いやいやいやいやいやいやいや」

宙さんが即座に否定する。何故か、半分呆れているような声だった。

「ないない、それはないです。だって、昨日もピアノ弾いてたし」

「えっ」

――ピアノを弾いていた？　昴さんが？　え、一体どこで？　混乱する私をよそに、宙さんがハキハキとジェスチャーを始める。

「突然、ダンボール抱えて帰って来て。何かと思ったら電子ピアノだったんですよ。

毎日頑張って練習してますよー。ま、ハッキリ言って幼稚園生の方が上手いと思いますけどね。健気《けなげ》だと思いません？　それだけ夢中になれる相手ができたなら、一人になっても大丈夫でしょって。こっちも大手を振って家を出ていけるわーって安心してたのに」

「はあ⁉」

思いがけず大声を出した私に驚いたのか、宙さんが縮み上がった。

「どこのですか」

「どこの、って」

「電子ピアノのブランド！」

「そんなこと言われても……」

私は、勢いよく舌打ちをした。その様子を見て、宙さんの身体が一層小さくなる。

「そんなに大事なこと、何で一言も相談してくれないのよ！　私、そんなに頼りない？　いや、どう考えてもそこは玄人《くろうと》に頼るべきところでしょうが！」

急にベラベラと喋り出した私に驚いたのか、宙さんは口を小さく開けたまま、目をぱちぱちと瞬いていた。私は怒りの渦の中で、ふと、あることに気づく。

「ひょっとして衝動買い？　ああもう、これだからブルジョワは」

「ブルジョワ？」

宙さんの眉間に、微かにシワが寄った。

「公務員って高給取りだし、安定した職業だし、福利厚生だっていいらしいじゃないですか。車が趣味なのがいい証拠ですよ。さぞ、儲《もう》かってるんでしょうね」

イライラしているせいで、吐き捨てるような言い方になってしまった。一緒に水族館に出かけたとき、べらぼうに高いコインパーキング代を躊躇なく払っていた昴さん。私があんなに吟味して選んだ電子ピアノでさえ、彼の経済力では衝動買いできてしまう程度のものだというのか。価値観の違いにくらくらしてしまう。

「……あー、そっか。そうですよね」

温度のない声がして、私の心臓が小さく跳ねる。

「やっぱり、たかが数ヶ月付き合っただけだとその程度の理解ですか。そうですよね」

見下すような物言い。宙さんの大きな瞳が、冷たく光っている。

「兄貴が生活費以外にお金を使うところなんて、ほぼ見たことないんですよね。それこそ、車以外に何かないの？　って、心配になるくらい。そこにいきなり電子ピアノですよ？　マジで、レア中のレア。ＳＳＲ級」

「えす……？」

「迷わず大枚をはたけるほど、兄貴にとって大事なものだったってことですよ。そんなこともわかんないんですか？　それって、紛れもない愛情でしょ」

紙で指を切ったときのような、鋭い痛みが心に走る。私は唇を噛み、視線を床に落とした。わかっている。別に、昴さんの気持ちを疑っているわけではないのだ。ただ、一緒にいると心が掻き乱されることばかりで、それが辛い。大事にしたいという気持ちに嘘はなくても、どうすればいいのかがわからない。

「……いや、そんな顔させるために来たんじゃないんですよね」

思いがけず、気遣わしげな言葉が降ってくる。顔を上げると、宙さんが気まずそうに顔を歪めていた。意外だった。私の物言いに対して、烈火の如く怒り狂っていてもおかしくないと思ったのに。

「……なんで」

「え？」

「さっさと別れてください、とでも言いそうな勢いだったじゃないですか」

「……まあ、正直イラッとはしましたけど。兄貴が選んだ人だと思うとね」

仕方なさそうに頭をかく仕草が、昴さんにそっくりだった。胸に、何とも言えない気持ちが広がる。この感情の名前は、恐らく嫉妬と言うのだろう。このきょうだいの間にあるものが、私は、羨ましいと思っている。

「信頼してるんですね、昴さんのこと」

「どうだろ……そんなもんじゃないですか、家族って」

その言葉にまた、小さく傷つく。そうか……普通の家族って、そんな感じなのか。みんな、こんな風にお互いを思いやることができるものなのか。

「それなのに、出て行くんですか」

自然に出た言葉に、宙さんが反応する。私を見つめる静かな瞳に、もう敵意は感じられなかった。

「さっき、家を出るって。昴さんは一人になっても大丈夫……って言ってたから」

宙さんが、ゆったりとした瞬きで返事をした。きっとこれは、イエスだな。根拠なんて、何ひとつないけれど。

「地方の大学に進学する、とかですか？」

「?」

「あー……地方、か。まあ、地方と言えば地方なのかな」

「遠くに行きたいな、って思って。多分、しばらく兄貴とは会えないんでしょうね」

「……寂しくないんですか」

不思議だった。昴さんの妹とはいえ、初対面の相手とこんなに自然に話せている自分が、何だか、自分じゃないみたい。いつものようにヘラヘラと笑いながら、思ってもないことばかりを並べ立てたって構わないはずなのに。私が私のままで、よく知らない他人と静かに言葉を分け合っている。

「うーん……寂しいというよりは、ホントに大丈夫？　って感じかな」

「自信がないってことですか」

　宙さんがコクリ、と小さく頷く。

「でも、ダメなんです。どうせ出て行くなら……どうせ、ひとりになってみるなら。私のことなんて誰も知らない場所じゃなきゃダメだから」

　私は、小さく息を吸い込んだ。どうしよう。私、この子の言っていることがすごく、わかるような気がする。それこそ、根拠なんてどこにもないのに。

　何もかもが窮屈になって、海外へ逃げた理由。音楽に関係がない大きな職場を探して、就職活動をした理由。わざわざ家から遠い場所を選んで、ピアノを弾きに来ている理由……次々に、頭を巡っていく思いがあった
「ラクで、いいですよ。自分のことなんて誰も気にしてないって、心から信じられると」

　気がついたら、そんなことを口にしていた。宙さんが、弾かれたように顔を上げる。その表情は無防備で、とても幼く見えた。そういえばこの子、結局いくつなんだろう？　高校生くらいかな、と漠然と思っていたけれど、ひょっとして、大人っぽく見えていただけなのだろうか。

「……言えることと、言えないことがあるんですけど。私、ちょっと有名人だったん

ですよね。ほんのちょっとだけですよ。何て言うのかな。一部の人はよく知ってる？みたいな」

そう言いながら私は、『視線』に囲まれていた日々に思いを馳せる。不愉快な感覚はまだ生々しいのに、あれから随分遠くまで来た……そんな感覚もあった。記憶に対する距離感、バグってる。

「視線が、辛かったんです。私を特別な目で見る視線があることが。だから、誰も自分のことなんて見ていないんだ、気にしてないんだ……って思えたときは、本当に嬉しかった。自由って、ひょっとしたらこんな感じなのかなって思いました」

「……自由ですか、今は」

宙さんの眼差しは静かで、真剣だった。この目から、逃げずにいたいと思った。

「前より自由なのは確かなんでしょうけど、前より不自由になったこともいっぱいあります。結局、人生がどうなったって、いつまでも同じじゃいられないんだってことがわかった、って感じかな」

言葉にしたら、ストン、と何かが腑《ふ》に落ちた感覚があった。脳裏に、昴さんの顔が浮かぶ。この先、彼と一緒にいられる未来は、存在するのだろうか。

「……ま、そんなもんですよねー」

しばらく続いた沈黙を破るように、宙さんが明るい声音でそう言った。

「王子様って、多分、来ないじゃないですか」

「王子様？」

何の話だろう。彼氏でも欲しいのだろうか？　そんな私の怪訝《けげん》な様子を察したのか、宙さんが比喩ですよ、と笑って付け加えた。

「白雪姫には王子様が来るけど、現実に王子様は来ないと思うんです。『現状を劇的に変えてくれる何か』が自分から来てくれたらいいけど、多分、そういうことはないんだと思うんですよね」

穏やかに微笑みながら遠くを見つめる宙さんは、今度は大人びて見える。年の頃が読めない人だなと、つくづく思う。幼く見えたかと思えば、こんな風に大人っぽい雰囲気を突然醸し出したりもする。そういう姿が何だかいちいち絵になるのは、単に美少女だからなのだろうか。びしょ濡れのダボダボ服という出で立ちにもかかわらず、何だか、ドラマのワンシーンを見ているみたいだ。

「兄貴は、自分からあなたを取りに行ったんですよ。正直、兄貴にしてはやるじゃん！　って思ったたし。私も待ってるばっかりじゃなくて、自分から取りに行かなきゃダメだよなって。遠くに行けば……行きたい場所に行けば、何か変わるかもしれない。変わらないかもしれないけど、それはばっかりはやってみないとわかんないですよね」

不安を語る宙さんの晴れやかな顔が、心から、きれいだと思った。

「……上手く、いくといいですね」

「あはは、そうですね……ま、私はあなたたちからしたらお邪魔虫ですもんねー」

お邪魔虫？　どういうことだろうか。言っている意味がよくわからずに言葉を詰まらせると、宙さんが私の顔を見て吹き出した。

「さすが、兄貴の惚れた女」

「どういう意味ですか？」

「よく似てますよ。あなた、兄貴と」

「？」

――似てる？　私と、昴さんが？　そんなこと、思ったことがない。

「嫌んなるほどいい人だって言ったの」

そう言って笑う宙さんが少しだけ寂しそうに見えたのは、気のせいだろうか。


♪


『ちょっと、水曜日の君と対戦してくる』

特徴的な丸文字で書かれた、暗号のような文章。宙の筆跡がくしゃくしゃに歪んでいるのは、僕が乱暴に紙を引っ掴んだせいだ。その紙が置かれたテーブルを挟んで、何故だか僕は、山崎さんと向かい合って座っていた。

「……この、『対戦』って何？　あの子たち、元々知り合いだったの？」

「僕にも、何が何だか……ただ、今日は水曜日だから、きっと二人ともここにいるんだろうと思って」

口から出た声は、自分のものではないみたいに疲れ切っていた。普段の運動量からは想像がつかないほどに走り続けたせいで、全身が凄まじく怠《だる》い。まだ少し、身体に酸素が足りていないような気がする。

宙の書き置きを見た僕は、迷わず地域交流センターへと向かった。センターの建物に飛び込んだところで、焦った顔をしている山崎さんに呼び止められたのだ。

「ちょちょちょちょちょちょ！　スーちゃん、待って待って」

山崎さんに、宙の話をしたことがあっただろうか？　あやふやな記憶を頼りにするよりも、鎧塚さんのことを聞いた方が早いと思った。

「今日……鎧塚さん、来てますか」

息を切らしながら、必死でそう尋ねる。山崎さんは、まだ焦っているようだった。

「来てる、来てるけど！　ちょっとだけ待って」

戸惑う僕の袖を引き、山崎さんがわざとらしく声を潜めて、僕に耳打ちした。

「今、修羅場かも」

「……は?」

そして僕は、山崎さんに連れられるまま、地域交流センターの守衛室にあるテーブルについていているというわけなのだが……正直、理解が全く追いついていない。脳味噌が完全に限界を超えている。頭の中を夥《おびただ》しい数のハテナが駆け巡っているけれど、一つ一つ解決していこうという気力が湧いてこない。

「……なんで教えてくれなかったんですか? 宙と顔見知りだって」

とりあえず、真っ先に浮かんだ疑問を山崎さんにぶつけてみる。半分、八つ当たりをしているような感覚があった。

「言うわけないじゃない。個人情報だよ」

呆れたような山崎さんの返事に、僕は大きくため息を吐いた。

「白昼堂々、高校生くらいの子がふらふらとほっつき歩いてたら、そりゃあ、心配で声をかけるでしょうよ。それが、たまたまスーちゃんの妹さんだった。で、何度か顔を合わせてるうちに世間話をするようになった。それだけですよ」

声掛け事案にならなくてよかった……と咄嗟に思ったのは、職業病のようなものかもしれない。山崎さんは警備員の格好をしているし、名札だってつけている。声を掛けたのはセンター内でのことだろうし、いたずらに不審がられることを心配する必要はきっとないのだろう……いや、本題はそこじゃない。何を考えているんだ僕は。

しかし……宙は、外を一人で出歩くことができたのか。日中だったということは、僕がここで働いているときに来ていたということなのだろう。本当に僕は、何も知らなかったんだな。

「まあでも、宙ちゃんが留学とはねえ！　思い切ったもんだ」

「……思い切りがよすぎですよ。引きこもりからいきなり海外だなんて」

「心配？」

山崎さんがそう、僕に尋ねる。心配かどうかと聞かれたら、そりゃあ、心配には決まっているのだけれど……胸に渦巻く想いはもっと複雑で、ずっと重たい。

「……僕、宙が自分から動き出すことはないんだろうなって、多分無意識に思い込んでいたんです。この事態が進むことがあるんだとしたら、それはきっと外からの何かがきっかけなんだろうなって。それを、じっと待つ以外にできることはないんだろうなって、決めつけていた」

一度語り出すと、言葉が次から次へと溢れ出てきてしまう。何かに気がつくのは、どうしていつも少し後になってからなんだろう。もっと早くわかっていたら、あの子は。

「宙の可能性を狭めていたのは、僕だったのかもしれない。そのことに気づいたら、恐ろしくなってしまって。本当なら、あの子はもっと早くに色々なことができたのかもしれない。僕が宙の人生を変えてしまったのかもしれないって、思ったら……」

そこまで言ったところで、喉の奥がぐぐっと締まるのを感じた。これ以上言葉にしたら、僕は人の形を保っていられないような気がした。そんなことはあり得ないし、馬鹿げたことを考えていると自分でも思う。でも本気で、そう思っていた。

「なんでそうなっちゃうのかなあ」

言葉とは裏腹に、優しい声だった。喉から全身に広がろうとしている震えをどうにか抑えながら、僕は山崎さんを見る。

「新しい道を選ぶための勇気を、貯める時間が必要だった。その時間を二人で一緒に作ってきたってことでしょう? ホント傲慢《ごうまん》だよ、スーちゃん。全部なかったことにしちゃうのは、ひどすぎない?」

想いが、口からは出てこない代わりに、瞳にどんどん溜まっていく。僕はそれを堰《せ》き止めようとして、目をきつく閉じた。

「宙ちゃんも、スーちゃんも。この先の人生の方がずっとずっと長いんだよ。ちゃんと、幸せにならなくちゃダメじゃない」

山崎さんの言葉は、どこまでも優しかった。幼い頃に自分の頭を撫でてくれた、大人の手のように。僕はずっとこんな風に、誰かに許されたかったのだろうか。

「僕は……僕は、何のために生きてきたんだろうって。宙のために、家族のために頑張ってきたつもりでいたけど、結局、自分のことしか考えていなかった。宙がいなくなったら、僕の存在価値って何なんだろうって」

「存在価値、ねえ……」

少し考えるような仕草をした後で、山崎さんの表情が何かを思いついたような色に変わった。

「そういえば、スーちゃん。鎧塚さんがどうして水曜日にここに来るようになったのか、知ってる？」

——今、何て言いました？　開いた口が塞がらないとは、このことか。みんな、揃いも揃って僕に隠し事をしすぎだろう。何だか、ちょっと腹が立ってきた。

「……山崎さん、鎧塚さんとも顔見知りだったんですか」

「まあ、知り合いってほどじゃないけど、挨拶くらいはするよ。警備員ですから」

そう言う山崎さんの声は、何故か少しだけ得意気だった。もうダメだ、降参。僕は、多分この人には一生かかっても敵《かな》わない。

鎧塚さんが水曜日を選んでここに来る理由、か……そういえば、随分前に直接聞いたことがあったような気がする。

「……確か、水曜日はノー残業デーだから、って言ってた気がしますけど」

「え、本当にそれだけだと思ってたの?」

びっくりしたような山崎さんの表情に、僕はちょっとだけイラッとする。まあ正直なことを言うと、この守衛室に来てからずっと、イライラしっぱなしなんだけれども。

「スーちゃんがいるからだよ」

思いがけない言葉に、僕は目が点になってしまった。え、だって、鎧塚さんが水曜日にここに来るようになったのは、僕と顔見知りになる前のことじゃないの?

「……ま、それはちょっと盛り過ぎか。何か、今までピアノを借りるために利用してきた施設で、色々あったみたいだよ。ここはのんびりしてて、穏やかな人ばかりだからホッとするって」

「それ、僕は関係ないと思うんですけど」

「ピアノを大事に思っている職員さんがいてくれて嬉しかった、って言ってたんだよね。それって、多分スーちゃんのことでしょ」

「ピアノを大事に思っている……?」

はっきり言って、全く心当たりがなかった。そりゃあ、職員であるからには備品を大事にしようとは思っている。でもそれは当たり前のことだし、あのピアノだけを特別大事にしていた記憶はない。

「ま、この際何だっていいんだよ。詳しいところは本人に聞かないとわからないし。

でも、鎧塚さんにはここに来る『価値』があった」

机を人差し指でトントン、と叩きながら、山崎さんが力説する。

「価値って、本来はそういうものじゃない？　自分があれをやりたいんだ、こうしたいんだって思うこと。スーちゃんは宙ちゃんと一緒にいたかったんでしょう？　それが『価値』だよ。会いたい人がいるとか、行きたい場所があるとか。それで十分じゃない。存在する価値があるとかないとか大袈裟だし、ピントがズレてる。自分の気持ちに従ったらいいだけ。スーちゃん、結構ややこしいんだなあ」

「……でも、それって、自分勝手な考えなんじゃないですか」

「安心しなよ。スーちゃんは、自分勝手になろうとしたってどうせなれないんだから。そういうタイプの人は、これってひょっとして勝手かな？　くらいでちょうどいいの。良いか悪いかは、周りが決めてくれるよ」

——自分の、やりたいことをする。そのこと自体は、ごく当たり前に僕に根付いた考え方だった。だって、やりたくないことを進んでできるほど、僕は器用じゃない。

でも……『やりたいこと』の箱の中にあるにもかかわらず、『これは自分勝手な望みなので』と、光を当てていない場所があったとでも言うのだろうか。

——コンコン。

控えめなノックの音がして振り返ると、開いた扉の先に鎧塚さんと宙が立っていた。

あまりに自然に並んでいるから、この二人、元々知り合いだったの？　と疑ってしまいたくなるほどだった。二人とも何故か、地元のプロ野球チームのタオルを手に持っている。

「スマートフォン」

気がつくと、僕はそう口にしていた。視線の先の宙がはて？　という顔をしているので、僕は言葉を重ねる。

「スマホ！　何度も電話した」

ああ、という顔をしながら、宙がパーカーのポケットをゴソゴソと探る。出てきたのは、うんともすんとも言わない小さな板だった。

「電池、切れてるわ。ゴメンゴメン」

僕は立ち上がり、何かを言おうとする。でも、アクセルとブレーキを同時に踏まれた車のように、どこにも行けない言葉たちが喉につかえてしまっていた。やがて、僕は立っているのがしんどくなって、その場にしゃがみ込んだ。もう、疲れた。ほとほと、疲れてしまった。

「……よかった、ちゃんといて」

視界が両腕で塞がれていたから、周りがどういう様子なのかはわからなかった。やがて、僕の肩に温かい手が添えられる。もう、少しでも気を抜くと、その場に崩れ落ちてしまいそうだった。

「ごめん、兄貴。迎えに来てくれてありがとう」

第七章

雨上がりの夜想曲《ノクターン》

Episode 7

じゃ、お邪魔虫は先に帰りまーす……そう言ってさっさと帰宅しようとする宙を引き留めて、『もう夜遅いから』と半ば強引にタクシーに押し込んだ。見る人が見れば、過保護なのかもしれない。けれどもう、誰にどう思われても構わないように思った。これが、山崎さんの言っていた『自分の気持ちに従う』ということなのだろうか。

♪

雨は、センターにいる間に上がってしまったようだった。濡れたコンクリートの匂いが、街中に漂っている。僕と鎧塚さんは重たい沈黙を背負いながら、最寄駅に向かって歩いていた。道中、僕は思うように口が聞けずにいたのだけれど、それは鎧塚さんもきっと同じなんだろうな、という気がした。

あっという間に駅に着いてしまい、僕は途方に暮れた。この状況をどうしようか、どうしたらいいのか……そう逡巡《しゅんじゅん》する僕に、鎧塚さんがごく自然に声をかける。

「提案があるんですけど」

行きたい場所があるんですよ、と続けて、鎧塚さんは駅舎越しに見える待合室を指差した。

「何だか、思い出しますね」

ペットボトルのミルクティーを受け取る鎧塚さんの声は、穏やかだった。僕は少し悩んだ末に、彼女の隣に腰掛けることにした。

駅のホームには、人の気配がなかった。電車が出発した直後だったのかもしれない。

「思い出す?」

「初めて、昴さんとちゃんと喋った日のこと」

頭の中で、僕は時を超えようと試みる。あのとき手に持っていたコーヒーはホットだったし、ダウンのコートを着ていて、手袋もはめていた気がする。随分多くの時が流れたような気がするのに、たった数ヶ月しか経っていないのか。

「水族館デートのときの服、宙さんが買ってくれたそうですね」

初球、空振り、ストライク……思ってもみない方向から飛んできた話題を、僕は上手く打ち返せなかった。コーヒーを誤嚥《ごえん》してしまい、ゲホゴホと咳をする。

「……あいつ、そんなこと言ってたんですか」

「私が聞いたんです。昴さんらしくない服だと思ってたから」

二人は、音楽練習室でどんなことを話したのだろう?　どうやら、山崎さんの言うような修羅場ではなかったようだけれど、それはそれで何だか怖い気もした。だって、二人の共通の話題は、今のところ僕のこと以外にはないはずなのだから。

「……知らないことばっかりだ」

ポツリ、と鎧塚さんが呟く。些細な一言だったけど、重たい響きだった。

「……僕たち、もうずっと二人暮らしなんです。僕が就職した頃からだから、もう六、七年くらいになるんですかね」

鎧塚さんが、こちらを見た。僕は上手く目を合わせられずに、視線を中空へと彷徨わせた。

「親は二人とも元気だし、仲が悪い……というわけではないと思うんですけど。四人で一つの家にいるのが、難しい時期がありました」

「それで、二人で家を出た？」

僕は、鎧塚さんの質問に頷きながら、引っ越した当時のことを思い出していた。二人で住むには大きすぎる、立派なマンション。両親が、それくらいしかできないから と家賃を負担してくれたからこそできたことだった。四人で一緒にいると上手くいかなかったけれど、みんな、あの状況をどうにかしたいと思っていた。それは、紛れもない事実だ。

「あいつ、留学を考えてるみたいなんです。それ自体は……何と言うか、ものすごくめでたくて、喜ばしいことで。でも、何も知らなかったので、すごくビックリしました。二人で生活するのが、あまりにも当たり前になっていたから」

宙から留学の話を聞いて以来、つい、彼女がいなくなった後のことを想像する癖がついてしまった。ただでさえ物理的に広い部屋なのに、あの家に一人で住んでいる自分を想像すると、何故だろう。とてもしんどかった。

「この二人暮らしは期間限定なんだと思っていたし、むしろ、それを望んでたはずなんですけど……いざこの生活を解消するとなったときに、こんなに狼狽えてしまうなんて思っていませんでした」

「だって、七年でしょ？　当然じゃないですか？　寂しいのは。それだけ、大事な存在だってことだし」

諭すような口調で、鎧塚さんがそう言う。

「……羨ましいな」

弱々しい言葉の響きが気になって、思わず彼女の顔を見る。いつの間にか遠くを見ていた視線が、呼応するようにこちらを向いた。寂しそうな笑顔だった。

「前に、母のことちょっとだけ話したの、覚えてますか？」

「はい」

確か、お母さんもピアニストなのだと言っていたように思う。でも、それっきり。家族の話は、それ以外には聞いたことがないはずだ。

鎧塚さんはバッグからスマートフォンを取り出し、何かを探し始めた。忙しなく動いていた指があるところで止まり、端末を僕に差し出す。受け取ったスマートフォンの画面には、三人の女性が写っていた。海外の人だろうか。親しげな様子の女性が三人、それぞれ背中に手を回している。真ん中の女性は、両脇の二人に比べると随分若いように見えた。

「一番左が、母です。その隣、真ん中が私」

そう言われて思わず、目の前にいる二人の鎧塚さんを見比べてしまった。画面の中の彼女と、僕のすぐ隣で腰掛けている彼女。

「……えっ⁉」

少し遅れてやってきた驚きに、思わず大きな声が出てしまった。写真の中央に写る女性の風貌は、どこからどう見ても現在の鎧塚さんとは結びつかない。ゆるゆるとしたウェーブの髪は明るめの茶色で、外国の女の子のようだった。瞳の色も少し違う気がするし、何より、歯をしっかり見せてニカッと笑う笑顔が、今とは随分違うような気がした。いや、顔は変わっていないはずだから……と写真を凝視してみても、今の鎧塚さんの面影を見出すのは難しかった。

「我ながら素晴らしい『変身』ですよね。よくできてる」

動揺する僕をよそに、鎧塚さんが満足そうに頷いた。

「水族館に行ったとき、お互いのスマホの写真を見せるとか見せないとか、そんな話になったじゃないですか」

「……ありましたね、そんなこと」

「私、この写真だけは見せたくなかったんです。『なかったことにしたい過去』だったから」

そうは言っても、この写真がこうして残っているということは、『なかったこと』にはなっていないということなのだろう。

「聞いてもらってもいいですか。愉快な話ではないと思うんですけど」

僕は姿勢を正して、鎧塚さんの方に向き直った。それを肯定の意思だと判断してくれたのか、彼女がゆっくり口を開く。

「物心ついた頃には、父はもういませんでした。家には母がいて、ピアノがあった。もう、笑っちゃうくらいずっとピアノを弾いていました。それが当たり前で。衣食住、ピアノ！　みたいな。友達を作る余裕もなくて、ずっと独りでした。でも、不思議とピアノは好きだったんですよね。弾いている間は孤独を感じずに済んだから」

「それは……」

僕は言葉を失いかけたけれど、何とか返す言葉を考える。

「大変、でしたね」

こんなときですら、気の利いたことひとつつ言えない自分にうんざりする。でも、鎧塚さんはあまり気にする風もなく、小さく頷いた。

「でも、それが大変だって認めるのは嫌だったんですよ。これが自分の普通なんだと思うしかなかった。ピアノを弾いて、怒られて、またピアノを弾いて、怒られて。たまに、コンクールに出て。褒められることもあったけど、大体怒られてて。で、そういう母とのやりとりの一部始終を、周りのみんなが見てるんですよ。恥ずかしかった」

鎧塚さんの拳が、膝の上でぎゅっと握られる。

「高校のときに、マスタークラスっていうイベントに参加したんです。有名なプレイヤーが先生をする、公開レッスンって言ったらいいのかな。母に連れられて嫌々行ったんですけど、聞いていたら結構面白くて。海外の先生でしたけど、母は英語の方が得意だったから、ガンガン話しかけに行ったんですよね。そこで誘われたんです。よかったらサマースクールに来ないかって」

「サマースクール？」

「まあ、ざっくり言うと短期留学ですね。一ヶ月くらいだったかな。私のところにピアノを学びに来たらいいって、言われました」

鎧塚さんは握りしめていた手をゆっくり開いて、そのまま、手のひらを見た。

「道が拓《ひら》けたと思いました。あの家を出られる。母と一緒にいなくて済む。しかも、ずっとピアノを弾いていればいい。もう、天国だなって思って。その写真は、マスタークラスの後に撮った写真で、一番右がそのときの先生です。私、晴々とした顔してるでしょ？」

でもね……とトーンダウンして、鎧塚さんは続けた。

「いざ行ってみたら、めちゃくちゃ大変だったんですよ。言語ができないって、あんなにキツイんだって知らなかった。ヒアリングはね、いいんです。行く前に母に特訓してもらったこともあって、何となく理解できる。でも、半端にわかる分、悪口みたいなものもわかっちゃうんですよ。それなのに喋る方は全然だから、反論する術がないんです。言われっぱなし」

「……想像がつかないです。知らない言語に囲まれるなんて。ましてや、短期間とはいえ、そこで生活をするだなんて」

率直な僕のコメントに、鎧塚さんが楽しそうに笑った。

「サイアクですよ。ご飯美味しくないし、硬水だから蛇口から水飲めないし、ラップは使う度にブチブチ千切れてイライラするし」

――宙は、大丈夫なんだろうか。あいつ、結構こだわりが強いタイプだと思うけど、ガラっと環境が変わった中で、ちゃんとやっていけるんだろうか？　彼女が不在になる未来のことばかりを気にしていた自分が、今になって恥ずかしくなる。

横道に逸れそうになった気持ちを何とか本筋に引き戻そうと、僕は鎧塚さんを見つめた。

「色々と上手くいかないまま帰国したとき、空港で見た母の顔は、一生忘れないと思います。それからは……もう、地獄でした。家にいても、学校に行っても、針のむしろ。鎧塚先生のところの子、大枚叩《はた》いてサマースクールに行ったはいいけど、あっさり挫折して帰ってきちゃったらしいね、って」

無邪気な言い方が、かえって起きたことの残酷さを際立たせているように感じた。

「母も、母なりに私が大事だったんだろうとは思うんです。でも、私には母のやり方が受け入れられなかった。ピアノはもう弾かない、音大には行かないって伝えたときも、めちゃくちゃ詰《なじ》られてしまって。でも、外聞《がいぶん》が悪かったんでしょうね。一応、大学の学費は出してもらえて。ただ、貸しを作るみたいで嫌だったから、バイトと大学を往復するだけで四年をやり過ごして、大学卒業と同時に家を出ました。もう、何年会ってないのかな」

そこまでを一気に言い切ると、鎧塚さんは大きなため息を吐いて、寂しそうに笑った。

「……あっけない。本当にあっけないな。色々なことがあったのに、説明するために言葉にしちゃうと、こんなに簡単になっちゃうんですね」

鎧塚さんは気を取り直すように顔をパッと上げて、明るく切り出す。

「宙さんから、家を出るって聞いたとき。何となく、留学なのかもしれないなって思ったんです。根拠はなかったんですけど。素直に、上手く行ってほしいって思った。私にはできなかったけど、宙さんの未来は、これから作っていくものじゃないですか」

あの数十分の間で、鎧塚さんと宙は、どれだけの言葉を分け合ったのだろう。守衛室を訪れた二人は、初対面のはずなのにそこそこ打ち解けた雰囲気だった。今の言葉もひょっとすると、鎧塚さんが直接、宙にかけてくれたものなのだろうか。

「でも、昴さんは本当にいいんですか？　宙さんの留学のこと」

そう問われて、自分の感情の正解を探す。嘘をつきたくなかった。鎧塚さんに嘘をつくのが嫌だというのも、もちろんある。でも、自分の気持ちに蓋をすると、その代償は自分に返ってくる……ここ最近、そう痛感することばかりだったから。

「よくない、ですね」

「じゃあ、改めて反対する？」

「……いや、しないです。どうしたものかなあと思いながら、送り出します。妥協案ですけど。そうするのが色々と、いいような気がするので」

そこまで言うと、そうだ、そうなんだよな……と腑に落ちる感覚があった。無理をしていない、素直な気持ちだった。

「……そっか」

「僕、思い出したんですよね。宙が楽しそうにしている顔を見るのが好きなんだって。昔はそういう顔をたくさん見ていたと思いますけど、ここしばらくずっと……なかったので。でも今日、久しぶりにそれに近い表情を見られたような気がするんです。タクシーに乗る前の宙、いい顔してたなって。きっと僕は、誰かが楽しそうにしている姿を見るのが好きなんだなって思いました」

「……それ、何となくわかる気がする」

「?」

「ピアノを弾く私を見ている昴さんの顔、いつも優しいから」

思わぬ言葉にびっくりして、咄嗟に顔を伏せる。僕、そんな顔してたのか。まるで自覚がなかった。

「よかった。私、ピアノを弾いてるとき、ちゃんと楽しそうなんですね」

そう言って、鎧塚さんが立ち上がる。顔は見えなくなってしまったけれど、何だか、嬉しそうに見えた。

「一人暮らしを始めてから、髪型とか、見た目をできるだけ変えて……生き直してやろうと思ったんです。しばらくはそれで上手くいってたんですよ。平穏ってこんな感じなんだなーって、しみじみ思ってました。静かだった」

二、三歩進んで、鎧塚さんが立ち止まる。でもね、と彼女は続けた。
「あるとき、ピアノの生演奏を聞かざるを得ないアクシデントがあったんです。本っ当に久しぶりに生のピアノの音を聞いて。私、めちゃくちゃ悔しかった」

「悔しい？」

鎧塚さんが、くるり、とこちらを向いた。すっきりとした笑顔だった。

「悔しくて悔しくて、引き裂かれそうになったんです。一緒にいた相手の会話なんてまるで耳に入ってこなかった。耳が、自然とピアノの音を追っちゃうんです。なんでそういう演奏になるの？　私だったらそんな風には弾かない。もっと上手くやるのに！　って」

ホント、傲慢ですよね……鎧塚さんが、楽しそうに言う。

「嬉しかったんです。私の中にまだ『悔しい』という気持ちがあったことが。本当に嬉しかった。そのとき、もう一度弾けるかもしれないって思ったんです。みんなの視線がない今だったら、もう一度ピアノを好きになれるかもしれないって」

そこで、鎧塚さんは僕から視線を逸らした。彼女の表情が、わずかに翳《かげ》る。

「でもやっぱり……ダメですね。彼氏に思うところがあったくらいで弾けなくなっちゃうなんて。生き物として、私は弱すぎる」

「えっ」

鎧塚さんが目を細めて僕を見下ろした。

「昴さん、今日は色々と自分のことを話してくれましたけど、こんなの初めてじゃないですか？　私、昴さんのこと全然わからなくて、ずっと辛かった。私、怒ってるんですよ。ずっと頭に来てるんです」

「あの……」

「なんで、あんなに派手な色の車に乗ってるんですか？　イメージと違いすぎるでしょ。あの場でうっかり吹き出したりしなかったこと、褒めてほしいくらいです」

「え」

「ピアノの生演奏を聴く機会があったんだって聞いて、相手が誰なんだろうとか気にならないんですか？　えっ、それってデートじゃない？　いつの話？　ひょっとして元彼⁉　とか、不安になったりしないんですか？」

「あの……」

「昴さんは！　私と一緒にいて、ちゃんと楽しいですか？」

「あの！」

僕は、思わず立ち上がった。鎧塚さんと、目線の高さが合う。彼女は笑っているのに、泣きそうな顔をしていた。瞳の水面が、きらきらと揺れている。

「わからない。昴さんのことが、わからないから……手を繋いでみたいなとか、そういうのもずっと、言えなかった」

　僕は少し悩んだ末に、おずおずと両手を差し出した。鎧塚さんの手を自分の手で、ゆっくりと包む。もうすぐ夏が来るというのに、小さな手は冷え切っていた。

「……あったかい」

　震えを帯びた小さな声で、鎧塚さんがそう言った。僕は、彼女の冷たい手が一刻も早く温かくなりますようにと祈りながら、少しだけ強めに手を握り直す。

「弱いのは、ダメなんですか」

　僕の言葉に、鎧塚さんがこちらを見る。ほんの少しの衝撃で、全てが崩れ落ちてしまいそうな表情をしていた。

「僕には、わからないことばっかりです。僕が……口下手？　なせいで鎧塚さんを不安にさせていたんだということも、たった今知ったくらいで。でも、こうして理由がわかれば、対処ができる。話し合うこともできます。弱さだって、同じじゃないんですか？　弱いんだったら、どうしたら弱さをカバーできるのかを考えたらいいじゃないですか」

「……そんな個人的なことに、他人を巻き込むのは勝手じゃないんですか」

「勝手じゃないです！」

　――ああ、そうか。

自分の気持ちに従う、それが自分勝手に思えたとしても構わない。それが良いか悪いかは、周りが決めてくれる……きっとそれは、こういうことなんだ。

『やりたいこと』の箱の中にあったにも関《かか》わらず、光を当てていなかった場所。なんだ、こんなところにあったのか。


「僕が、そうしたいんです。僕は、鎧塚さんが好きです。あなたが嬉しそうにしている姿が好きなんです。だから、一人で決めないでください。鎧塚さんが思ってること、ちゃんと教えてください」

張り詰めた顔をしている鎧塚さんを見ながら、僕の胸はうるさく鳴っていた。どれだけの時間、そうしていただろうか。彼女が、ゆっくり口を開いた。

「……やっぱり、既読スルーは好きじゃないです。それに、電話もいいけど、たまにはメッセージでやりとりもしたい」

「はい」

「もう一度、水族館に行きたい。本当は大好きなんです、水族館。いっぱい下調べして、見たいものがたくさんあったのに、全然じっくり見られなかった」

「はい」

「くじ引きの景品の、アザラシのぬいぐるみ。めちゃくちゃ邪魔なんです。私の家、ものすごく狭いから」

「それは……すみません」

「でも……嫌なことがあったときにはサンドバッグになってくれるので、それは助かってます」

「えっ」

そこで鎧塚さんが、ふっと笑った。大きな瞳から、涙がすうっと流れ落ちる。僕はそれを、とても綺麗だなと思った。

「……そういえば、宙さんが言ってたんですけど」

小さく鼻を啜りながら、鎧塚さんが話題を変える。

「はい」

「『水曜日の君』って、何のことですか?」

二球目、デッドボール、即退場……するわけにもいかず、僕はこの後、弁解に弁解を重ねて変な汗をたくさんかく羽目になったのだけれど。それはまた、別の話だ。

エピローグ

「準備、できました？」

……と、口にした言葉が否応なしに弾んでいるのが、自分でもわかった。私は今、分かりやすくはしゃいでいる。一方、目の前にいる昴さんは、浮かない顔をしていた。

「本当に、やるんですか？」

「昴さん。その質問、もう五度目ですよ」

私の言葉を受けて、彼は視線を床に落とした。明らかに項垂《うなだ》れている。そんな彼の姿を見て、微笑ましいなと思った。

「これ、見てください」

そう言いながら、私は持っていた楽譜を指差す。結局、この連弾に相応しい楽譜は見つけることができなかった。だから、これは私のお手製の譜面。つまり、ほとんど全ての要素を私が手書きで書き込んでいるのだが、少しだけ、私のものではない文字が混ざっている。

「やる気のない人は、こんな風に音符に指番号を振ったりしないんですよ」

「それは……」

　困ったような声は、そこで途切れた。すかさず私は畳み掛ける。

「ま、本当にやる気があるんだったら？　テーブルの上に置いて弾くような、巻き物みたいな電子ピアノなんて買ったりしないでしょうけど」

「もう何度も謝ったじゃないですか、そのことは。それに、あれはあれですごく便利なんですよ。場所を取らないいし、そんなに高価なわけでもないし。とりあえず指と音を一致させたいというニーズには、ちゃんと合ってるんです」

　拗《す》ねたようにぼやく昴さんを見て、口角が上がるのがわかった。

「じゃあ、指と音とが一致してるかどうか、ここで確かめましょう。せっかくいいピアノが目の前にあるんだから。大丈夫ですよ、繰り返しやっていけば」

　返事は、小さなため息で返ってきた。彼の吐いた空気が、二人きりの音楽練習室の空間に、静かに溶けていく。


　昴さんは、音をひとつひとつ確かめるように慎重に弾いている。だから、彼の指先から放たれる音に、リズムはあってないようなものだった。それでも私は、昴さんのメロディを注意深く聴きながら、伴奏を奏でる。

　二人で、横に並んで歩きたい。たまにうっかり追い抜いてしまったり、悲しくて立ち止まったりすることもあるかもしれないけれど、いつでも、私はあなたの歩調を聞いている……そんな気持ちで。

――おや。

昴さんの演奏が安定してきた。放つ音からして恐らく、こちらの伴奏もちゃんと耳に入っている。私は嬉しくなって、演奏のギアを一段上げることにした。

「わっ⁉」

マヌケな声を出しながらも、昴さんは懸命にこちらについてきた。くるくる、くるくると、演奏に渦のような流れができ始める。

人に聴かせられるような演奏では、ないんだろうと思う。でも、かけがえのない時間だった。この先の人生で、何度も何度もこの瞬間を思い出すのだろうという予感があった。ピアノの音、四つの手が動く様子、音楽練習室の匂い……今この空間で起きていることの全てを、余すところなく記憶に刻みつけておきたかった。

ありがとう、昴さん。

毎週水曜日が私にとって『特別』になったのは、あなたがここにいたから。

私にこんな気持ちを味わわせてくれて、本当に、ありがとう。

♪

連弾が終わった後の僕は、疲れ果てていた。例えるなら、運動習慣のないアラサーが、いきなり本格派の山に連れて行かれてしまった……そんな感じだろうか。結果は推して知るべし、というやつである。しかし、最近疲れることばかりが起こっているように感じるのは、気のせいなんだろうか。

「大丈夫ですか？」

言葉こそ心配を表すものだったろうが、鎧塚さんの顔は、満面の笑みをたたえていた。僕はあまりにもヨレヨレだったのだけれど、その笑顔が見られて、とても嬉しかった。

「……鎧塚さんは、体力があるんですね」

「昴さんがひ弱なだけじゃありません？」

「そうかもしれないですね」

「慣れですよ、慣れ。たくさん練習すれば同じところが鍛えられるから強くなるし、ピアノを弾くことが特別でなくなれば、緊張だって解ける。積み重ねればいいんですよ。運転と同じです」

「じゃあ、鎧塚さんも運転してみたらどうですか？」

「え」

鳩が豆鉄砲を食らったような顔をして、鎧塚さんがフリーズする。

「嫌ですよ。お金かかるもん」

そう言いながら、ギュっと眉間に皺を寄せる。その顔がおかしくて、僕はつい笑ってしまった。そうだ、この人は意表をつかれるようなことを言われたとき、いつもこんな風に豊かな表情を見せてくれる人だった。そして、そんな彼女もまた僕は好きなのだと、改めて思う。

「ところで、昴さん」

「はい」

「いつになったら私のこと、下の名前で呼んでくれるんですか？」

前から来ると思ってのんびり構えていたら、斜め後ろから思い切り殴られた……そんな気持ちだった。揺さぶられた脳が、ぐわんぐわんと音を立てて鳴っているような気がする。

「だ、だって、『鎧塚さん』っていい名前じゃないですか、かっこいいし。それに、ずっとそう呼んでるから、もう口に馴染んじゃったんですよ。だいたい、呼び方で親しさの度合いが決まるとかそういうものでも」

「私が、そうしてほしいんです」

鎧塚さんは笑っていたけれど、その眼差しは真剣だった。

思わず、声にならない声が出てしまう。僕はしばし悩んだ末に小さく息を吐き出し、鎧塚さんを手招きする。近づいてきた顔を見ないようにしながら、僕は彼女にそっと耳打ちした。

「うーん」

その声だけで彼女の反応を測るのは、難しそうだった。でもダメだ。もう、彼女の顔をまともに見られそうにない。

「まあ、いいでしょう。ひとまず合格ってことで」

僕は恐る恐る、彼女を見た。微笑んでいる。僕の大好きな笑顔が、そこにあった。

きっと僕はこの先、何度何度も彼女に振り回され続けるのだろう。でも、そんな風に流れていく人生、全然悪くないよな……そう、心から思った。

※本書は「小説家になろう」（https://syosetu.com）に掲載されていたものを、
改稿・改題のうえ書籍化したものです。
※この物語はフィクションです。作中に同一の名称があった場合でも、
実在する人物、団体等とは一切関係ありません。

宝島社
文庫

水曜日の君
あなたと奏でる未来の旋律
（すいようびのきみ　あなたとかなでるあしたのせんりつ）

2024年11月8日　第1刷発行

著　者　八木美帆子
発行人　関川 誠
発行所　株式会社 宝島社
〒102-8388　東京都千代田区一番町25番地
電話：営業 03(3234)4621／編集 03(3239)0599
https://tkj.jp

印刷・製本　株式会社 広済堂ネクスト

ISBN 978-4-299-06089-1